国家出版基金项目
NATIONAL PUBLICATION FOUNDATION

清代詞學概論

徐珂◎著

山西出版傳媒集團
山西人民出版社

圖書在版編目(CIP)數據

清代詞學概論 / 徐珂著. -太原: 山西人民出版社, 2015.3
(近代名家散佚學術著作叢刊 / 許嘉璐主編)
ISBN 978-7-203-08946-9

Ⅰ. ①清… Ⅱ. ①徐… Ⅲ. ①詞(文學)-文學研究-中國-清代 Ⅳ. ①I207.23

中國版本圖書館CIP數據核字(2015)第031804號

清代詞學概論

主　　編　許嘉璐
著　　者　徐　珂
責任編輯　梁晉華
助理編輯　張　潔

出 版 者　山西出版傳媒集團·山西人民出版社
地　　址　太原市建設南路21號
郵　　編　030012
發行營銷　0351-4922220　4955996　4956039
　　　　　0351-4922127(傳真)　4956038(郵購)
E-mail　sxskcb@163.com　發行部
　　　　　sxskcb@126.com　總編室
網　　址　www.sxskcb.com

經 銷 者　山西出版傳媒集團·山西人民出版社
承 印 廠　山西出版傳媒集團·山西人民印刷有限責任公司

開　　本　700mm×970mm　1/16
印　　張　7.5
字　　數　62千字
印　　數　1—3000册
版　　次　2015年3月　第1版
印　　次　2015年3月　第1次印刷
書　　號　ISBN 978-7-203-08946-9
定　　價　19.00圓

《近代名家散佚學術著作叢刊》編委會

出版説明

近代名家散佚學術著作叢刊選取一九四九年以後未再刊行之近代名家學術著作共一百二十册，編例如次：

一、本叢書遴選之著作在相關學術領域具有一定的代表性，在學術研究方向、方法上獨具特色。

二、爲避免重新排印時出錯，本叢書原本原貌影印出版。影印之底本皆經專家組審定，原書字體大小，排版格式均未做大的改變，原書之序言、附注皆予保留。

三、本叢書分爲八大類，以作者生卒年編次。

四、爲使叢書體例一致，本叢書前言後記均采用繁體字排版。

五、個别頁碼較少的版本，爲方便裝幀和閲讀，進行了合訂。

六、少數學術著作原書内容有個别破損之處，編者以不改變版本内容爲前提，部分進行修補，難以修復之處保留缺損原狀。

七、原版書中個别錯訛之處，皆照原樣影印，未做修改。

八、所選版本之抽印本頁碼標注，起始至所終頁碼均照原樣影印，未重新編排標注新頁碼。

由於叢書規模較大，不足之處，殷切期待方家指正。

總序／披沙瀝金，以爲鏡鑒

◇許嘉璐

多年來有一個問題始終在我腦中盤桓：爲什麽在十九世紀末到二十世紀初，在短短的幾十年裏，中國的各個學術領域竟涌現了那麽多大師級的人物？這是中國近代史上一個極爲重要的現象，我認爲，如果不能給出令人滿意的答案，我們撰寫的近代學術史將是不完整的，甚至是缺乏靈魂的。後來我知道，著名人類學家克羅伯曾提出過一個問題：爲什麽天才成群地來？看來這種現象的出現並非中國所獨有，思考其所以然的也大有人在。而在那一次世紀之交中國的情况，似乎應驗了「天才成群地來」這個令克氏久久不解的疑問。錢學森先生曾從相反的方向提出了相同的疑問：爲什麽我們這個時代出現不了杰出人才？後來人們稱這個問題爲「錢學森之謎」。

要回答這些疑問不是件容易的事。與其迅速地囫圇地探尋，不如先多了解那些讓中國近代學術（應該包括人文科學和自然科學）史上閃耀着光輝的大師們的作品和自述，從而在腦海里盡量「復原」他們所處的環境和在那種環境下的心理路徑，從中或許可以得到一些啓示。

有一點是顯然的，這就是他們雖然都已遠離塵世而去，但是他們獨立思考的品性、求知治學的真誠、困厄窮愁中對節操的堅守，恐怕是他們共同的主觀因素，一直影響到現在，而且將會永遠留存下去。

就思想界、學術界而言，二十世紀上半葉是一個新説和舊説碰撞，中學和西學融匯的大時代。那時的學人極爲重視言行操守，同時具備現代知識分子的理想信念；他們的學術研究十分純凈，絶少功利因素；他們的視界開闊，以包容的心態和嚴謹的風格造就了成果的大氣與厚重。至於在客觀因素一面，他們實際是在用工業化時代的事實解説着太史公所説的名山之作「大抵聖賢發憤之所爲作」，困厄苦難使得他們「皆意有所鬱結」。這種鬱結，幾乎和個人的名利毫無牽涉，他們永遠不能釋懷的，是民族的存亡、國運的興衰、民衆的福禍和文脈的續斷。

那個時代也是近代歷史上最大規模的中西古今學術調適、創新的時期，學術方法上的交互滲透和融合、創新亦可謂「於斯爲盛」。斯時之學人是要在封閉的屋墻上鑿出窗子的勇士，是使人能够看看外部世界的第一批導夫先路者；或者可以説，他們是在「意有所鬱結」時「彷徨」和「吶喊」的「狂人」。

相對於那時的哲人們，後來者是幸運兒。現在的形勢是，近三十年來學界空前繁榮，衆多學科有了長足之進，其中很重要的一點是學界有了更新穎、更廣闊的國際視野，似乎接續上了百年前的學壇盛事。但細想，「古」與「今」還是有差别的。其异，主要不在於世界情勢、學術進展、工具改善這些客觀存在，而在於在廣泛吸收各國優長的同時，自身文化的主體性越來越受到重視，換言之，「拿來主義」已經延長了「拿來」的程序，加上了試用、甄别、篩選、吸收、融合、成長。就我孤陋所見，在當今地球上，面向所有異質文明，努力汲取我之所缺，其範圍之大和心態之切，似乎無出中國之右者。從這個角度説，我們已經超越了前輩。但是事情還有另外一面，學術，特别是人文學科，其職業化、「沙龍化」和功利性，以及隨之而來的浮躁病却嚴重了。從這個角度説，是不是我們已經後退得够可以的了？而這是不是我們這個時代出不了大師的原因之一呢？

民國學術界的特點之一是極爲注重對傳統的反省、批判與繼承。他們對傳統文化盡最大的努力進行整理和研究。一方面，由於戰亂頻仍，民不聊生，學者們擔起了讓中華文化薪火相傳的歷史責任；另一方面，他們要通過對中國傳統文化的整理、挖掘來重振民族自信心。這一時期對傳統文化進行整理的全面而深入是前所未有的，舉凡文字學、語言學、經濟學、法學、哲學、政治制度、書法繪畫、金石學……規模之宏大，研究之精微，令人嘆爲觀止。

民國學術推動了現代學科體系的建立。在對傳統文化整理和研究的基礎上，吸收西方的文化思想和理念，推動和建立了中國現代學科體系。例如，在對語言文字和音韵學成果進行整理、研究的基礎上開始着手規範之，建立了國語學；深入研究書法、國畫，將其融入了現代美術學科；在廢除舊有學制後逐步建立起小、中、大學較完整的科目和學科體系。

民國學術也改變了傳統學術方式，建立了新的研究範式。以現代科學考古爲發端，科研的實踐和成果使中國知識界真正認識到在實驗、比較基礎上的邏輯分析對學術研究的重要，推進了中國學術的一大演變。至於我們常説的打破士大夫傳統、走出書齋到田野鄉村和市民中進行調查研究、結束了經學時代、以歷史眼光檢視儒學和諸子等等，都是確立新學術範式的努力。這一轉變，也標誌着中國學術界脱胎换骨，全面進入了現代，爲此後的學術發展奠定了堅實的基礎。當然，西方啓蒙運動以來，在「現代性」和「現代化」裏潛伏着的缺陷和謬誤也傳到了中國，這些不能不在前哲的著作裏留下痕迹。這並不奇怪。類似的情況，古往今來孰能免之？猶如今天的我們，誰敢自稱我之所見就是永恒的真理？在這個問題上兩個時代所異者，或許就在昔時大家創立新説或譯註西學著作，往往是懷着對學術和前哲的敬畏而爲之，故而常常誤不在我；當今則往往出於對學問和他人的輕蔑，或以所研究的對象爲謀己的工具，因而難辭主觀之咎吧。翻閲他們的心血之作，這些復雜的狀況可以顯見，可以視之爲我們的一面鏡子。

滄海桑田，世事變幻，歷史的動盪和時代的遮蔽，使當年許多大師的一些極有價值的學術著作被棄於故紙堆中，不能不令人有遺珠之憾。爲此，山西人民出版社不惜以數年之艱辛，披沙瀝金，編輯出版這套近代名家散佚學術著作叢刊，凡一百二十册，計文學、史學、政治與法律、美學與文藝理論、民族風俗、宗教與哲學、經濟、語言文獻共八大類別。所選皆爲作者之純學術著作，無論是其見解、精神，抑或是其時代烙印，都是後輩學人可資借鑒的寶貴財富。他們出版這套叢書，意在讓世人不忘來程，知篳路藍縷之不易，爲民族文化的傳承再增薪木。

出版社的初衷，與我近年來所思所慮近似，故願略述淺見於書端，以與策劃者、編輯者和讀者共勉。

二〇一四年七月六日

改定於自安東回京途中

前言/猛回頭，那支支紅燭

——二十三種民國文學研究著作概覽

◇梁歸智

「視爾夢夢，天胡此醉？於時處處，人亦有言！」

此聯乃北京宣南（宣武門外舊城區）北半截胡同四十一號中「莽蒼蒼齋」楹聯。齋主何人乎？即戊戌變法失敗而捐軀之「六君子」中翹楚譚嗣同字復生號壯飛者也。慈禧太后發動政變，逮捕維新黨人，友人勸譚嗣同逃避，他堅辭曰：「外國變法未有不流血者，中國變法流血請自嗣同始。」乃於一八九八年九月二十四日被捕，繼而遇害於菜市口。臨刑前仍大呼曰：「有心殺賊，無力回天；死得其所，快哉！快哉！」

自此而後，果然爲變法——改變社會制度而流血不止，一九一一年十月十日辛亥革命成功，中國歷史上最後一個封建王朝被推翻，一九一二年一月一日中華民國成立。然餘波未息，新瀾迭起，袁世凱竊國，張勛復辟，北洋軍閥混戰，國民黨軍北伐，中國共產黨成立，國共爭鋒，時而合作，時而破裂，日本入侵，八年抗戰，勝利後繼以三年内戰，終於以一九四九年十月一日建立中華人民共和國而告一大段落。

從一九一二年一月一日到一九四九年十月一日，凡三十八年，此即「民國」時段也。

三十八年過去，彈指一揮間。戰焰紛飛，生靈涂炭，歷史真是「相斫書」！而文明的燭火，點點簇簇，飄曳閃爍於如磐夜氣之中，雖遭暴風，遇疾雨，而終不熄不滅。其中最具象徵性的事件，乃一八九七年二月二十一日在上海成立之商務印書館，於一九三二年一月二十九日遭日本侵略軍針對性轟炸，占全國出版量百分之五十二的出版巨頭損失一千六百三十萬元，百分之八十以上資産被毁，其所屬東方圖書館同時被炸，四十五萬册圖書化作劫灰，其中有無數古籍善本、孤本！日軍侵滬司令鹽澤幸一狂吠：「炸毁閘北幾條街，一年半就可恢復，只有把商務印書館、東方圖書館這個中國最重要的文化機關焚毁了，牠則永遠不能恢復。」而劫難後的商務印書館，懸掛出「爲國難而犧牲，爲文化而奮鬥！」的巨幅標語，經半年即宣告復業，實現了「日出一書」的奇迹。

由於歷史演變的吊詭，民國時期的出版物，在一九四九年以後的中國大陸，大多數遭遇了被遺忘的命運，沉埋於少數圖書館的塵封角落。斗轉星移，時來運轉，二十一世紀進入了第二個十年，山西人民出版社推出這套叢書，遴選民國出版的若干學術精品，分學科編纂，蔚爲盛事大觀。此分卷是對中國文學（主要是古典文學）的研究，共二十三種。下面對這二十三種書籍作一個概覽性的介紹。

先看這些書的作者。生年不明者毋論外，出生最早的當屬韓柳文研究法的撰者林紓，他誕生於一八五二年（清文宗咸豐二年），卒於一九二四年（民國十三年——一九一二年爲中華民國元年）。出生最晚的是陶淵明批評的作者蕭望卿，誕生於一九一七年（民國六年）。這二十位作者中，一些是後來成爲大家的著名人物，林紓之外，有大學者徐珂、章太炎、陳寅恪、呂思勉、陸侃如、周貽白、趙景深，著名作家蕭乾等。此外的作者，則屬於有一定學術建樹或僅留下少量著述的文化人。

從作品看，這二十三種著作有某一種文學或某個人作品的分論，如詩經之女性的研究、曹子建詩的研究，也有某一長時段的文學史或文藝理論性質的概説，如清代詞學概論、中國戲劇小史。其中陸侃如三種，趙景深兩種；而陳寅恪和蕭望卿的兩種著作研究對象相同而又篇幅短小，合爲一册；陸侃如有兩種合爲一册。故，這裏一共有二十位作者的二十三種著述，却是二十一册文本。

分册介紹述評，是按照著作内容所關涉之中國文學史發展綫索的先後爲序？還是以研究者的情况或者書册的寫作出版先後爲序？却是一個頗讓人躊躇的問題。因爲近四十年的民國，正是中國社會從傳統向近現代激烈轉型的時段，不僅作者的思想認識，書册的觀點立場，而且連書寫的語言文風，都存在鮮明的古今遞嬗演變的痕迹。經考量，决定采取折衷的立場，即基本上按照文學史發展的脈絡綫索，先概説性著作，後專題性研究，同時顧及其他因素，將徐珂、林紓、章太炎的三種以文言文表述的著述放在最後予以推介月旦，也算是對横跨清王朝與民國兩代之文化先驅者的致敬。

中國文學小史，作者趙景深，生於一九〇二年，卒於一九八五年，主要以元雜劇、宋元南戲和古典小説的輯佚考證而名世，代表性著作爲曲論初探、宋元戲曲本事、宋元南戲考略、中國小説叢考等。這本中國文學小史是他二十多歲時的作品，上海的大光書局出版，後再版重印，達二十次之多。他於一九三六年寫「十九版序」，這樣説道：「十年前，我跟隨着新文學浪漫運動的巨潮向前推動，當時我充滿了熱情和詩趣，喜歡説一點帶有情感的話，喜歡像做詩一樣的寫文章。……也許讀者們這樣的愛讀這本小書，使牠達到十九版，清華大學入學考試且曾指定此書爲唯一的參考書，大約都是爲了牠使人讀起來不至於十分頭痛吧？」

以西方的學科意識而撰述「中國文學史」，二十世紀以始，共有數百本。第一本中國文學史爲何人所寫？或曰英國人，或曰日本人，或曰俄國人。中國人自己最早撰寫的中國文學史，一般認爲乃林傳甲一九〇四年撰中國文學史，黄人（黄摩西）亦於同年撰同名之書。林著是在當年之京師大學堂即後來之北京大學撰成，黄著是在當年之東吴大學即後來之蘇州大學撰成，歷史演變的軌迹斑斑俱在。趙景深的這本「小史」，名副其實，牠篇幅很小，如作者自表，「我只是寫一本中國文學的常識；或者，我是在説一個故事」。其特色不在學術含量的全備高深，而在簡略概約，蜻蜓點水，却時見談言微中；同時文風清麗活潑，很適於普及。

中國文學小史凡三十五節，第一節「緒論」，第二節「詩經」，第三節「屈原宋玉」，第三十四節「清代的詩文」，第三十五節「最近的中國文學」。從詩經、楚辭始，司馬相如和司馬遷，曹氏父子，陶淵明與謝靈運，唐詩，宋詞，元曲，明清的小説、傳奇和詩文，面面俱到，而最後一節，更有聞一多、汪静之等的詩歌，郁達夫、魯迅等的小説，田漢、丁西林等的戲劇，周作人、朱自清等的散文等。

比起今日的文學史經典著作，此書自然不可能在材料的全備準確和學理的系統精深方面爭勝，但其特色也頗堪注目，即那時還没有後來的一些教條框架，因而一些説法能讓人眼前一亮，細想也頗堪玩味。如論到李白和杜甫的同異，這樣對比：

李白：南方化、仙品、出世、浪漫、受道家影響、才、情、樂自然；

杜甫：北方化、聖品、入世、寫實、本儒教見地、學、性、泣時事。

與後來的經典化定位大同小異，而更加言簡意賅，同時還有一些生動的表述，如這樣談論李白：「我們也曾想像到一個眸子炯然，腰束玉帶，身穿宮錦袍，在采石磯邊狂歌於船頭的詩人麽？這便是天才豪放的李白。」後面對李杜的「優劣」也一語到位：「李白是樂天的，杜甫是悲觀的。」「他們兩人作風如此不同，當然我們不能分出優劣來。」比起一九四九年以後幾部文學史的某些教條化論述，以及郭沫若的李白與杜甫之立場偏頗，民國時期學人的思想自由客觀公允躍然紙上。

詩經之女性的研究，謝晉青著。此書曾作爲商務印書館「國學小叢書」、「萬有文庫」而數次出版重印。謝氏生於一八九三年，卒於一九二三年，乃日本留學生、南社社員，另有譯著西洋倫理學史（原作者日本人三浦藤作）。詩經之女性的研究共十節，其實就是對十五國風裏的女性題材特別是愛情婚戀詩歌的思想與藝術分析評價。其「緒論」説：「我這次是想在詩經中，發掘古代婦女問題的，並不是做考據底工作，在意義方面，我們總以詩底本義爲歸宿；那些不可靠的誤解，我們一概不取。在藝術方面，我們總以普遍而真摯的平民主義爲歸宿，那些不自然的附會穿鑿，我們也一概排斥。」「結論」則總結説：「詩經底十五國風，原來存詩一百六十篇，其中經我認爲有關婦女問題的，共計八十五篇。這八十五（篇）詩，若再依性質來區別，那就是：最多的爲戀愛問題詩，其次即爲描寫女性美和女性生活之詩，再其次就是婚姻問題和失戀問題底作品了。爲什麽戀愛問題底作品，占最大的數目呢？這就因爲兩性問題，是在人類生活上，占最重要的地位底證據。」

此書的許多具體分析賞鑒相當細緻，頗能體現民國以來西方推崇女性張揚人性思潮對古典文學研究的影響，一九四九年以後中國文學史中的相關評述，傾向立場，實承其緒。

有關楚辭的著作，共選有兩種：陸侃如屈原與宋玉、何天行楚辭作於漢代考。

陸侃如，生於一九〇三年，卒於一九七八年，是二十世紀五六十年代中國著名古典文學專家，他與夫人馮沅君合著之中國詩史是開創性的著作。此外撰有樂府古辭考、陸侃如古典文學論文集、中國文學史簡編、中國古典文學簡史，及與高亨合著楚辭選，與牟世金合著文心雕龍選譯、劉勰論創作、劉勰與文心雕龍等。屈原與宋玉是在他的處女作屈原、宋玉基礎上整合而成，却也算得上這一研究領域初具規模的「集大成」之作。書共六節：一、引論；二、屈原的生平；三、屈原的作品；四、宋玉的生平；五、宋玉的作品；六、餘論。最後列「參考書目」，自王逸楚辭章句、洪興祖楚辭補注、朱熹楚辭集注以下凡四十種。可以説，後來關於楚辭研究的許多重要問題都已經有所體現或涉及，算得上是此領域近現代研究的一册早期代表性著作。

楚辭作於漢代考的作者何天行生於一九一三年，卒於一九八六年，對浙江遠古文化——良渚文化的發掘考證有重要貢獻，出版有杭縣良渚鎮之石器與黑陶，是著名的考古學著作。楚辭作於漢代考受當時顧頡剛疑古學派的影響，論證楚辭各篇皆作於漢代，離騷的作者是淮南王劉安。這種觀點是楚辭研究中的一家之言，後來朱東潤也持相近觀點。楚辭作於漢代考的寫作曾受到蔡元培的鼓勵，完成於抗日戰爭發生前夕，作爲一種歷史痕迹，於楚辭學的演變具有參考價值。

漢代詞賦之發達，商務印書館一九三五年出版，其作者金秬香，生平待考，他另有駢文概論一書，爲商務「萬有文庫」第一集中叢書，則金氏乃當時知名文化人無疑。漢代詞賦之發達共十章，對漢賦作了比較全面的考察研究，其第一章「辭字之解釋」辨析「辭」與「詞」字義語源的來龍去脈，認爲「楚辭漢賦」中「辭」應作「詞」，故全書行文，皆稱「詞賦」。其後各章，對「賦字之定義」、「詞賦之源流」、「詞賦之作用」、「詞賦之分析」、「漢代詞賦之所由盛」、「漢代詞賦之所由衰」、「漢代詞賦發達之原因」、「漢代詞賦之種類」、「漢代詞賦之變遷」分別討論，漢代重要詞賦作家作品多已涉及，全書行文爲淺近文言。由於詞句多古僻，深入研討漢賦者歷來不多，此書可視爲漢賦研究的早期圭臬。

陸侃如樂府古辭考，完成於一九二五年，商務印書館一九三〇年出版，堪稱是對漢樂府研究的開山之作。共八章，依次爲：一、引言；二、郊廟歌；三、燕郊歌；四、舞曲；五、鼓吹曲；六、横吹曲；七、相和歌；八、清商曲。序例有云：「樂府是中國文學史上很重要的材料。但是研究起來，較詩經楚辭爲難，因爲没有適當的參考書。……近來研究詩經楚辭的人很多，但很少有人研究樂府的。這本小册子的問世，便是希望能引起讀者對於樂府的興趣，大家來作湛深的研究，使樂府的真價值不致永久的湮没。」雖是「小冊子」，而能於漢樂府爬梳史料，清理源流，辨析考鑒，確有開闢之功，後來的研究者，實受其惠。

此冊還另有陸侃如的一篇論文左思練都考，北京大學出版部一九四八年出版，乃對西晉詩人左思撰寫三都賦構思十年的傳統説法提出异議，認爲「事實上三都賦的構思恐怕超過二十年」，引證古籍，分析辯駁，是一篇專門的考證文章。

原廣州師範學院院長陳一百，生於一九〇九年，卒於一九九三年，是一位教育家。其所著曹子建詩研究於一九四〇年由上海三通書局出版，一九七一年香港大地出版社再版。書分上下篇，上篇包括曹植傳略、曹子建集的傳本考略、曹植詩歌的情感、後世諸家對曹植的評論；下篇兩部分，分別是曹植詩選讀和曹植樂府選讀，文末附有清代學者丁晏的魏陳思王年譜。此書也算對曹植其人其詩的一種早期研究的痕迹，可供後來者借鑒參考。

陶淵明之思想與清談之關係、陶淵明批評二書篇幅不大，故合爲一冊。前者爲陳寅恪的一篇論文，燕京大學哈佛燕京社一九四五年出版；後者爲蕭望卿著，開明書店一九四七年出版。陳寅恪生於一八九〇年，卒於一九六九年，是名震遐邇的文史大師，毋庸多介。蕭望卿生於一九一七年，卒於二〇〇六年，曾先後於西南聯大和清華大學深造，並與聞一多、朱自清、沈從文等大家交往密切，一九四九年後任教於河北師範學院中文系，述而不作，僅有此陶淵明批評傳世。

陶淵明之思想與清談之關係不愧名家名作，條理清明，言簡義豐，實爲後世研陶之先驅。文章首先追溯從漢末、魏到晉的「清談」之風，「然則當時諸人名教與自然主張之互異即是自身政治立場之不同，乃實際問題，非止玄想而已」。「略述淵明之前魏晉以來清談發展演變之歷程既竟，兹方論淵明之思想，蓋必如是，乃可認識其特殊之見解，與思想史上之地位也。」再討論陶淵明與佛教徒慧遠等頗有交往，而其思想不染佛風，乃因爲「蓋其平生保持陶氏世傳之天師道信仰，雖服膺儒術，而不歸命釋迦也」。同時，陶淵明「自以曾祖晉世宰輔，耻復屈身異代」，他的「自然」思想，「與當日實際政治有關，不僅是抽象玄理無疑也」。

最後論定陶淵明作爲思想家的崇高地位：「淵明之思想爲承襲魏晉清談演變之結果及依據其家世信仰道教之自然説而創改之新自然説。……不似舊自然説之養此有形之生命，或別學神仙，惟求融合精神於運化之中，即與大自然爲一體。……故淵明之爲人實外儒而内道，捨釋迦而宗天師者也。推其造詣所極，殆與千年後之道教採取禪宗學説以改進其教義者，頗有近似之處。然則就其舊義革新，『孤明先發』而論，實爲吾國中古時代之大思想家，豈僅文學品節居古今之第一流，爲世所共知者而已哉！」

陶淵明批評共三章：陶淵明歷史的影像、陶淵明四言詩歌論、陶淵明五言詩的藝術。這本書是文學史角度的陶淵明專論，與陳寅恪的思想論合而觀之，可謂陶淵明的「全影」，一九四九年後陶淵明研究的輪廓理路，其實皆在其籠罩之下。

此書前有朱自清的序，言短義豐，對陶淵明批評的價值貢獻，可謂已經説盡。陶淵明「詩最少，可是各家議論最紛紜。考證方面且不提，只説批評一面，歷代的意見也够歧異够有趣的。本書『歷史的影像』一章頗能扼要的指出這種演變。在這紛紜的議論之下，要自出心裁獨創一見是很難的。但這是一個重新估定價值的時代，對於一切傳統，我們要重新加以分析和綜合，用這時代的語言，重新表現出來。本書批評陶詩，用的正是現代的語言，一鱗一爪的，雖然不是全豹，表現着陶詩給予現代的我們的影像。這就與從前人不同了。」「本書一二三章專論陶詩的作風和藝術，不厭其詳。從前人論陶詩，以爲『質直』『平淡』，就不從這方面鑽研進去。但『質直』『平淡』，也有個所以然，不該含胡了事。本書詳人所略，便是這方面的努力。」「陶淵明的創獲是在五言詩。本書説『到他手裏，才是更廣泛的將日常生活詩化』，又説他『用比較接近説話的語言』，是很得要領的。」「歷來評論者推崇他的五言詩，因而也推崇他的四言詩，那是有所蔽的偏見。本書論四言詩一章，大膽的打破了這個偏見，分別詳盡的評價各篇的詩。」

陶淵明之思想與清談之關係用文言行文，簡潔清雅；陶淵明批評則是生動活潑的白話文，没有一九四九年後的八股教條氣味。今天的人閱讀起來，也感到很親切的。

唐代文學史，陳子展著。陳氏生於一八九八年，卒於一九九〇年，一九三三年起一直任教於復旦大學，以詩經直解、楚辭直解名世。唐代文學史於一九四四年由作家書屋（姚蓬子在上海開的書店）出版，一九四七年重印，共八章，分別是：一、説到唐代文學；二、初唐詩人；三、盛唐詩人；四、中唐詩人；五、晚唐詩人；六、古文運動；七、唐人小説；八、晚唐五代詞人。對整個唐代文學，作了梳理概述，篇幅不長，内容全面，可以視爲後來中國文學史唐代文學部分的早期代表作。其中的説法，今天看來自然不新鮮，放在當年的時代背景下，則頗可稱道。如論李白與杜甫的優劣：

> 可見一個肯自命爲狂者，一個不諱言爲腐儒。一個抱超世主義，源於道家思想；一個抱淑世主義，源於儒家思想。一個幻想超昇仙境，一個不忍離開君國。總之，他們的作品都是他們自己生命純真的表白。
>
> 大抵李杜於詩的手法上，一個側重自然，一個側重雕飾。風格上一個豪放飄逸，一個沈（即「沉」）鬱頓挫。各有各的價值，各有各的生命。

商務印書館「國學小叢書」有顧彭年杜甫詩裏的非戰思想，一九二八年出版，一九三三年重印，據作者序言，書完稿於一九二五年。商務印書館「萬有文庫」中又有顧氏現代歐美市制大綱一書，一九三〇年出版。此外知道他從事過新體詩的翻譯與創作，其餘生卒年和生平等則概不清楚。杜甫詩裏的非戰思想共五章加一個附録：一、緒言；二、杜甫傳；三、杜甫的時代；四、杜甫以前及他同時代的反對戰爭的思想與作品；五、杜甫詩的非戰思想；附録：杜甫時代重要之戰爭與叛亂年表。

杜甫爲「詩聖」，杜詩乃「詩史」，歷來研究繁夥。此書以「非戰思想」爲中心主題，表現出明顯的時代印記。如作者自序中所云：「迨江浙戰爭發生後，作者對於戰爭的惡魔的面龐益認識清楚，這位大詩人的非戰作品，也就愈加湧現在我的腦際了，但因戰爭的驚擾，屢次遷徙，心如蝴蝶，如浮萍，飄蕩無定，不克專心於此，直到逼近年節，始把牠修改好，字數已比初稿增加了一倍以上。」今日之杜甫研究成果已經汗牛充棟，而此册小書，仍於讀者開卷有益，在於戰爭之兇惡痛苦，人類仍未能完全消弭避免。而此書感同身受的寫法，就不僅是一本研究著作的影響了。其緒言末段的感慨最能傳達不以時代變遷而更改的情愫：「我們所處的時代與杜甫的時代有不少的地方相類似；環境的艱險比他的有過之無不及；我們的兄弟，所流的血泪，所受的凌辱與壓迫與騷擾，比他的時代的人更甚；但當今能代表時代的作品有幾？能真切的表現自己所處的環境的佳制有幾？具有完整，聖潔，毅勇，偉大的人格而爲民衆呼吁的詩人安在？」

唐人詩中所見當時婦女生活，作家書屋一九四七年出版。作者劉開榮，一九三五年考入金陵女子文理學院中文系，一九四一年畢業，一九四三年完成此書。劉開榮後來又去燕京大學歷史系深造，在陳寅恪指導下完成唐代小説研究，一九四七年商務印書館出版，一九五〇年再版，一九五三年三版，臺灣亦曾三次重版。

唐人詩中所見當時婦女生活書前除作者自序外，尚有華西大學華西週刊主編陳國樺序、陳中凡序及華西大學英文系外教費爾樸序。陳國樺序末署「（民國）三十二年二月十二日序於華西大學」；陳中凡序末署「民國三十二年一月二十五日」、「成都華西壩廣益學舍」，費爾樸序末署「一九四三年春」、「於四川成都」，而劉開榮自序末署「（民國）三十二年一月二十二日於華西壩」，是則其時劉開榮與陳中凡俱任教於華西大學。書之正文共九章：一、引論；二、勞動婦女（上）；三、勞動婦女（下）；四、民間一般婦女的日常生活；五、民間一般婦女的精神生活；六、妓女生活；七、宮庭婦女及貴族婦女生活；八、女冠子生活；九、結論。

陳國樺序有云：「處在中國抗建（即抗戰與建設——引者）的現階段，如欲建設新中國，必須動員二萬萬多女同胞的力量，共同參與偉大的建設工作。著者劉開榮君寫成此書，實無异提出婦女解放的問題，請大家重新加以嚴肅的考慮，因爲唐代的婦女生活，又何異於現代的婦女生活呢？」

陳中凡序則說：「我以爲此文可以作爲唐代婦女史看。因爲我國古代史家專紀帝王名臣的史績，至今中國史書有帝王家譜之譏。社會上廣大群衆反被擯於史書領域以外，真是憾事。今讀此文，方知道史家所忽略的東西，詩人乃一唱三歎，反復申詠。只要後人加以探討，就可以把當日被壓迫的一般婦女實際情形，畢露無遺。」

費爾樸序（英文，劉開榮譯成漢語）贊美：「本書作者劉開榮女士，本人會詩，也善爲富有詩意的散文，可以説是給近代的文學寶庫添上了一幅生動的圖畫——一幅女人的美麗的夢景。『唐代的光榮』不但包括有金漆的畫棟和迴廊，光彩奪目的瓷器，以及吴道子的山水名畫，并且有琳琅滿目的辭林文苑，裏面活躍地呈現着宮庭裏莊嚴的婦女，也舞動着詩人們生花的筆尖。」

劉開榮的自序中則如是說：「本書的目的，不是要研究某一人某一事，而是要像一個攝影專家，把唐人詩中所反映的當時婦女生活的斷片，一一剪下來，拚在一起，使人一看便可得到一個個鳥瞰。所以凡能對當時的婦女生活，給一綫光明或一絲暗示的詩料，作者都不肯割捨。尤其關於佔有人精神生活一大部份的兩性間的言情談愛的記載，作者更要把它赤裸裸地呈現在讀者的面前，讓讀者進到他們的精神世界裏面去，不再襲用以往的成見，把君臣的關係拉扯上去，加以牽强附會的解釋了。」

可見這册書，無論作者與評者，都更注重其對「新婦女觀」的弘揚，而於唐代文學研究的價值反而在其次。劉開榮身爲女性，於有關女性的詩作更容易心有戚戚焉。這自然也受當日西學日漸張揚女權等社會情境、時代風氣和思潮的影響。今日的讀者，則更注重其學術層面的價值。如陳汝潔說：「有人説劉開榮的這本書實踐了陳寅恪先生的『以詩證史』的思想，我仔細讀了之後，覺得劉著與陳寅恪先生的元白詩箋證稿相比，還是差別較大的。陳著箋釋元白詩，往往證之以史籍，能使人明了詩中所寫何者爲史實何者爲虛構。在陳來説，『以詩證史』又何嘗不是『以史證詩』。而通過『以史證詩』所揭示出的元白詩中的今典，對讀者理解元白詩具有重要作用。以注釋來説，能注出今典比注明古典難度要大。寅恪先生在元白詩箋證稿中揭示了大量今典，因難能而可貴。而劉著在全書中很少涉及當時的史籍，所以讀後讓人覺得是她從全唐詩中分類披檢關乎婦女詩作，費了不少工夫而欠了一點功力，無法望陳著項背。但劉著是一部有趣的書，她把唐詩中關於婦女的詩作檢索、排比出來，讓人知道唐詩中的這一類。倘若她能够進一步讓讀者知道詩中所寫的這些婦女生活，哪些合於唐代史實哪些是詩人虚構，那該多好！不過，從書名來看，她大約認定唐代詩歌中所寫即是當時社會中所有，真的嗎？我認爲這需要證明。」

清代婦女文學史，一九二七年二月中華書局初版，一九三二年十二月再版，共十七萬五千字。作者梁乙真，河北獲鹿人，生於一九〇〇年，一九二五年後就讀於上海南方大學，卒年及生平不詳。除清代婦女文學史外，尚著有中國文學史話、中國民族文學史、中國婦女文學史和元明散曲小史。

清代婦女文學史共列舉了漢、滿閨閣名媛、娼門、女冠、難女、乞丐女性作者三百餘人。內容目録爲：第一編明清兩朝婦女之極盛時期；第二編清代婦女文學之極盛時期（上）；第三編清代婦女文學之極盛時期（下）；第四編清代婦女文學之衰落時期；第五編清代婦女文學雜述。

書前有王蘊章序、王燦芝序和自序，書末附録清代婦女著作家表及人名索引。此書受謝無量中國婦女文學史啓發和影響，但後來居上。王蘊章和王燦芝都給予較高評價。當代女性文學研究者也頗加青目，評論其重視女性張揚女權的思想意義高於文學史意義。所謂二十世紀三部女性文學史梁乙真居其二。

宋代文學，吕思勉著。吕氏生於一八八四年，卒於一九五七年，是著名歷史學家，其中國通史、秦漢史、讀史札記等都是史學名著。這册宋代文學一九二九年由商務印書館出版，共六章，分别是：一、概説；二、宋代之古文；三、宋代之駢文；四、宋代之詩；五、宋代之詞曲；六、宋代之小説。

此書行文用淺近文言，梳理宋代各體文學的代表作家、演變發展脈絡相當全面，可視爲宋代文學史的早期代表作。其觀點議論，具有二十世紀早期的清明樸實，非如後來受各種所謂「範式」拘限者。如論三蘇之文：蘇洵「筆力堅勁，自以老泉爲最。然老泉好縱横家言，恒以權譎自喜，而其言實不可用。故其議論，多有不中理者」。蘇軾「則見解較老泉爲高。雖亦不脱縱横之習，然絶去作用處，時或近於道家。非如老泉一味以權術自矜也。尤妙在能以明顯之筆達之。晚年文字，則心手相忘，獨立千載」。蘇轍「氣象不如其父兄之雄奇；才思横溢，亦非乃兄之敵。然議論在三家中最爲平正，文亦較有夷然澹蕩之致，則亦非父兄所能也」。宋代文學專設駢文一章，也是後來的文學史一般所忽略的。

中國詞史大綱，胡雲翼著。胡氏生於一九〇六年，卒於一九六五年，曾於中學、大學任教，後爲上海中華書局、商務印書館編輯，於唐宋詩詞研究深湛，有宋詞研究、宋詩研究、宋詞選、唐詩研究等著作行世，影響頗大。中國詞史大綱，北新書局（創立於北京，後遷上海）一九三五年出版。此書分兩編，第一編爲「唐五代詞」，共九章，第二編爲「北宋詞」，共十四章，共録詞人凡五十七家。

此書爲近代意義上對詞這一形式溯波追源之較早學術著作，也可以説是研究宋詞的早期經典。其論詞與詩之區別云：「長短句的歌詞在文人的社會裏確立以後，牠的發展漸漸地把不甚協樂的律絶詩壓倒了。我們看樂曲裏面的長命女、烏夜啼、漁夫詞、長相思、江南春、步虛詞、鳳歸雲、離別難、金縷曲、水調歌、白苧等調，最初都是用五七言絶句歌詞，後來都改用長短句的歌詞了。中唐詩人還有寫律絶詩給樂工伶妓們去唱，到晚唐竟失掉歌詩之法，只有長短句的歌詞了。這不顯明的是：長短句的歌詞藉着在音樂上的便利，把整整的歌詩打倒了嗎？」詞的興盛在音樂這一歷史的核心問題，如此明白曉暢地揭示了出來。

詞的歷史分期，此後的文學史，都以中國詞史大綱的説法爲準，如北宋詞的演變：「歷史的發展，則可分爲四個時期：第一個時期是小詞的時期，以晏殊、歐陽修、晏幾道諸人爲主幹；第二個時期是慢詞的時期，以柳永、秦觀諸人爲主幹；第三個時期是詩人的詞的時期，以蘇軾、黄庭堅諸人爲主幹；第四個時期是樂府詞復興的時期，以周邦彦、李清照諸人爲主幹。」與後來的文學史相較，中國詞史大綱没有「婉約派」「局限於個人趣味」，「豪放派」「關注國家社會」「積極入世」一類意識形態評論語言，更顯學術性的單純。

趙景深著宋元戲文本事，北新書局一九三四年出版，但其完成於一九二三年六月。這是對宋元南戲研究的筆路藍縷之作，其開闢之功永耀史册。作者在自序中説：「這一本小書的目的是想把已佚的宋元戲文輯録出來，作爲研讀中國文學的一個參考；爲了恐怕專載佚文太枯燥，斷簡殘篇凑在一起也令人有丈二金剛之感，於是也附一點本事，把殘文貫串起來，使得讀者看這一本書不像是摹（即『摩』）挲古董，而像是在讀幾篇很有趣味的短篇小說。」

書共九章，輯自南九宮譜、新編南九宮詞、雍熙樂府、九宮大成南北詞宮譜，内容包括：一、王煥和王魁；二、陳巡檢梅嶺失妻；三、四種戀愛戲文；四、王祥卧冰；五、黄周兩孝子；六、江流和尚；七、僅存三五曲的元代戲文；八、僅存兩曲的元代戲文；九、僅存一曲的元代戲文。

中國戲劇小史，周貽白著。周氏生於一九〇〇年，卒於一九七七年，是著名中國戲曲史家和中國戲曲理論家，還曾經創作並演出話劇作品三十部上下。他首先提出並詳細論證中國戲曲的三大聲腔源流——崑曲、弋陽腔和梆子腔，厥功甚偉。他於一九三六年出版中國戲劇史略和中國劇場史（商務印書館），中國戲劇小史乃在前二書基礎上再加補充修訂，於一九四六年由上海的永祥印書館印出。後來又出版中國戲劇史（一九五三）、中國戲劇史講座（一九五八）、中國戲劇史長編（一九六〇），以及遺著中國戲劇發展史綱要（一九七九），都是以中國戲劇小史爲基礎的。

中國戲劇小史共八章：一、中國戲劇的形成；二、唐宋的戲劇；三、南戲與北劇；四、明代戲劇的概況；五、崑曲與亂彈；六、皮黄劇的勃興；七、文明戲與話劇；八、中國戲劇前途的展望。今天的讀者，要了解中國戲劇發展的歷史，當然有後來居上者的書可讀，但前驅者的貢獻也是不容抹殺的。中國戲劇小史的意義就在這裏。

中國小說的起源及其演變，正中書局（陳果夫一九三二年創立於南京）一九三四年出版，作者胡懷琛。胡氏生於一八八六年，卒於一九三八年，一九三二年被聘爲上海市通志館編纂。他搜集整理一批上海地方史志珍貴資料，卓有貢獻。其藏書以詩文集和課本爲特色，如三字經、百家姓、千字文、千家詩等，收集齊全，劉鶚稱其爲「三百千千」。收集外文書籍和少數民族作者的漢文詩集一千餘種，可惜其藏書在抗戰時多半被日寇炸毀。一九四〇年，其子胡道靜將殘餘之書捐獻給了震旦大學。

中國小說的起源及其演變共六章：一、本書說到的範圍；二、小說的起源及小說二字在中國文學上的涵義之變遷；三、中國小說「形」的方面的演變；四、中國小說「質」的方面的演變；五、現代小說；六、研究中國小說參考的書目。第一章開宗明義：「本書所講的，只有兩件事情如下：（一）是中國小說的起源，與小說二字涵義的變遷。（二）是中國小說的演變，並現代小說的標準。」

研究小說者歷來推崇魯迅的中國小說史略和胡適的中國章回小說考證，那自然是開山的典範之作。其後錢靜芳小說叢考、蔣瑞藻小說考證等也都功力深湛，卓然有成。本書算得上是一冊史論相結合的小說研究著作，在中國小說研究的歷史進程中，雖然不如上述幾種著作那麼經典，卻也有其歷史的價值和意義，從「可讀性」來說，則更占優勢。如此書說到中國小說的歷史變化，通俗易懂而能切中肯綮：「由古代的傳說在口上，演變成寫在紙上，這是一變。宋代的說話勃興，這是第二變。宋人的話本，由說給人家聽的，變爲直接給人家看的，這是第三變。紅樓夢、儒林外史等，只是寫的，不是說的，這是第四變。然而『說』和『寫』，仍是同時候存在的，決不是變成後者，前者就消滅了。只不過互有盛衰而已。」

此外說到的一些情況，也頗能讓我們對於歷史的演變，有一種親切的感知。如：「在民國前一二年，有周作人譯的域外小說集，是用文言譯西洋的短篇小說。不過是大失敗了。這失敗並非域外小說集自身不高明，只是和那時候的讀者程度相差太遠。第一不歡喜讀這種無頭無尾的短篇小說，第二不歡喜讀平淡無奇的故事，第三不歡喜這種比較生硬而樸質的文言。結果，這部書當時幾乎沒有人知道。」

書評研究，商務印書館一九三五年出版。作者蕭乾生於一九一〇年，卒於一九九九年，是著名翻譯家、作家、富有傳奇色彩的二戰記者，畢業於燕京大學新聞系，後去英國劍橋大學任教並讀碩士學位，一九四三年領取了隨軍記者證，正式成爲大公報的駐外記者，也是二戰時期歐洲戰場的唯一中國記者，一九九五年中國作家協會授予其「抗戰勝利者作家紀念碑」榮譽。三百二十萬字的蕭乾文集包括小説、散文、特寫、回憶録等，譯作莎士比亞戲劇故事集、好兵帥克以及與夫人文潔若合譯的尤利西斯等更是影響巨大久遠。

隨着近現代出版業的發展，書評也逐漸增多，但對這種新型的文學批評樣式作正式的研究，書評研究可以説是拓荒之作。書共八章：一、序論；二、書評家；三、閱讀的藝術；四、批評的基準；五、批評的藝術；六、書評的寫作；七、書評與讀書界；八、附録。此書的核心思想是，書評是有益於社會的嚴肅工作，書評家是具有特殊身份的知識者，代表讀者的鑒定者，文化生産的監督人，而不是庸俗、獻媚的商業廣告商。如：「一切批評都必須基於清澄的理解。批評的公允實即理解深澈的反映。」「書評家寧可改業廣告，永不可用批評的地位作兜售的營生。」「對讀者他服務，却也不侍奉如奴隸。他把讀者看成智力的平等者。他並不武斷地强迫讀者接受他的意見，也不賣弄學問如一塾師。讀者的好惡是受風氣支配的，但他不追隨那風氣，他不固執，却有信仰。」無疑，即使在今天，書評研究仍然有牠的現實針對性和意義。

清代詞學概論，上海大東書局一九二六年出版。其作者徐珂生於一八六九年，卒於一九二八年，爲光緒舉人，袁世凱天津小站練兵時的幕僚，一九〇一年任上海外交報、東方雜誌編輯，後爲商務印書館編輯，其所編纂的清稗類鈔是享譽學林的文史巨著。

清代詞學概論共七章：一、總論；二、派別；三、選本；四、評語；五、詞譜；六、詞韵；七、詞話。作者雖入民國，而其傳統文化教養的底色，濃郁深厚，迴非後來人可比。故此書行文，爲優美洗練的文言，而其對清詞演變脈絡的勾勒，代表性詞人的品評，乃至資料的選録等，都有「個中人」的真知灼見，可謂言簡意賅，高屋建瓴，非後來研究者搬弄西洋「範式」敷衍成文者可及。無疑，此書可列入「學術經典」的行列，不像本選集大多數作品具「過渡轉型」之身份色彩也。

如清代詞學概論評騭「清初之詞」的代表作家，「最著者」爲朱彝尊、陳維崧，「兩人並世齊名」，而前者「情深，所作詞高秀超詣，綿密精美，其蔽爲餖飣」；後者「筆重，所作詞天才艷發，辭鋒横溢，其蔽爲粗率」；「繼之而起名重一時者，實惟納蘭容若。門第才華，直越北宋之晏小山而上之，其詞纏綿婉約，能極其致，南唐墜緒，絶而復續」。再如説清詞之派别：「有清一代之詞，有二大别：一浙派，一常州派，亦猶散體文之有桐城陽湖二派也。」這些基本的定位，都成了後來各種文學史、清詞史祖述的圭臬。再如書中説到「才人之詞」、「學人之詞」、「詞人之詞」的三分法，也直搗黄龍，揭示本質，對後世影響深遠。

韓柳文研究法著者林紓生於一八五二年，卒於一九二四年，堪稱是一位清末民初的文化奇人。他是桐城派散文的殿軍，一點不懂西洋語言文字，僅憑聽人口述，把一百八十多種西方小説翻譯成漢語，成爲向古老中國介紹西方文學的開山人。「林譯小説」，曾經是好幾代人的最愛，用文言表述的漢譯西方小説，成了中西文化交流史上一道奇异的瑰彩。

韓柳文研究法亦是文言文著作，對韓愈和柳宗元的多篇古文逐一評論，細緻深入，作者所持觀點立場，則完全是傳統的儒家思想體系和桐城派衡文的法眼，完全不見西學影響的痕迹。此亦可見所謂民國時段之文化形態，新舊雜陳，多元豐富也。

前有馬其昶（一八五五——一九三〇）短序，馬氏乃桐城派後勁，清史稿之「儒林」、「文苑」卷總纂。其序説與林紓「同客京師，一見相傾倒，别三年，再晤，陵谷遷變矣。而先生著書談文如故，一日出所謂韓柳文研究法見示」。所謂「陵谷遷變」，即指清朝滅亡而民國建立，韓柳文研究法於一九一四年由商務印書館出版，則此書或峻稿於清季。馬其昶贊美林紓「於史漢及唐宋大家文，誦之數十年，說其義，玩其辭，醰醰乎其有味也」。林紓於韓愈、柳宗元的古文沉浸涵泳，所謂「韓氏之文，不佞讀之二十有五年」，則其所得所會，自然和後來接受了西方文藝思想的研究者，無真賞而僅「分析批判」所見大爲不同。

如林紓這樣評析韓愈的文章寫作技巧：「韓氏之能，能詳人之所略，又略人之所詳。常人恒設之籬樊，學韓則障礙爲之空。常人流滑之口吻，學韓則結習爲之除。漢所謂摧陷廓清者，或在是也。」「韓文能抑絕掩蔽，不使自露。不佞久乃覺之。……不善學者，往往因蔽而晦，累掩而澀。……所難者，能於掩蔽中，有淵然之光、蒼然之色，所以成爲昌黎耳。」

再如評柳宗元：「柳州段太尉逸事狀，與昌黎張中丞傳後叙，均洋洋有生氣，亦皆良史之才也。不佞甚惜柳州不爲史官，其寫忠義慷慨處，氣壯而語醇，力偉而光斂，可稱極筆。」「若公在永州，一荒昧不辟之區，必待糞除，其勝始出。是永州之勝，均係諸公之一言。則非極力描摹，山容水態，亦不易流傳於藝苑。集中諸文皆佳，而山水之記，尤爲精絶，雖大同小异，然各有經營。韓公猶望而却步，何論其他。」

文學論略，章太炎著。章太炎生於一八六九年，卒於一九三六年，太炎是號，名炳麟，在小學（語言文字學）、歷史、哲學、政治方面都有卓越貢獻，乃近代的國學大師。我的業師姚奠中先生是章先生最後招收的研究生之一，把對文學論略的評介作爲這一個系列學術著作的「收官」，格外具有意味。

文學論略首發於一九〇五年的四川學報（未完），一九二五年上海的群衆圖書公司出版，一九二六年再版，後來又成爲國故論衡的一部分。文學論略前面有胡適的一篇序，其中的一些話很有意味：

這五十年是中國古文學的結束時期。做這個大結束的人物，很不容易得。恰好有一個章炳麟，真可算是古文學很光榮的結局了。章炳麟是清代學術史的押陣大將，但他又是一個文學家。

他是能實行不分文辭與學説的人，故他講學説理的文章都很有文學的價值。

但他究竟是一個復古的文家。他的復古主義雖能「言之成理」，究竟是一種反背時勢的運動。

總而言之，章炳麟的古文學是五十年來的第一作家，這是無可疑的。但他的成績只够替古文學做一個很光榮的下場，仍舊不能救古文學的必死之症，仍舊不能做到那「取千年朽蠹之餘，反之正則」的盛業。他的弟子也不少，但他的文章却没有傳人。

文學論略開宗明義：「何以謂之文學？以有文字，著於竹帛，故謂之文；論其法式，謂之文學。凡文理，文字，文詞，皆謂之文；而言其采色之焕發，則謂之彣（讀『文』，文采之意）」。這裏的核心思想，即文、史、哲不作絶對區分的「文學」觀念。而這一點，正是中國文化的根蒂，與西方講究分科別類的「科學」文藝學大異其趣。從表面看來，如胡適所批評，章太炎的這種文學觀是「復古主義」，「反背時勢」。胡適在序言結尾説：「章炳麟在文學上的成績與失敗，都給我們一個教訓。他的成績使我們知道文學須有學問與論理做底子，他的失敗使我們知道中國文學的改革須向前進，不可回頭去。」

以五四新文化運動爲起始標誌的「白話文」運動，正是沿着胡適的主張發展前行的，魯迅的「拿來主義」主張也主宰了整個二十世紀的中國文學和文化的走向。我們所評介的民國學術著作，絕大多數也體現了這個方向和主旨。但問題並不是單一的，歷史也是復雜的，如今我們回顧反思，在肯定胡適所説「改革必須向前，不可以回頭去」的歷史合理性一面的同時，也必須正視章太炎的文學主張，蘊含有更深層的中國傳統文化之精義奥旨，而且隨着人類文化在二十一世紀出現的困境，越來越具有啓示意義。單從對文學的認識來説，章太炎標榜的文、史、哲大會通的中國傳統文化的根本立場，也是有其文化深刻性和現實針對性的。

因此，對民國長達四十年時段的學術著作及其體現的思想方向，也不能簡單化地對待，忽視其所體現的歷史走向必然性與新價值的合理性是不對的，過分拔高推崇也有所偏頗。畢竟，那是一個「過渡」、「轉型」的時期，其多數學術文化著作也必然帶有「過渡」、「轉型」的色彩，是「進行時」和「未完成時」，距離「經典」尚有距離。從戊戌變法到辛亥革命到五四運動，一直到一九四九年，泛民國時段（包括其醖釀鋪墊時期）之中國現代化歷程從肇始而前行，歷經曲折，其激烈變化之歷史空隙中艱難産生的學術文化，有其大膽引進勇敢開拓而攝人心魄的一面，也有其嘗試而稚嫩、外來與傳統磨合不甚相契的一面。近世之社會轉型文化轉型乃大勢所趨，民國的學人們做出了艱苦的努力和卓越的貢獻，如何能在吸取世界其他文明滋育的同時，又能使中國傳統文化精粹得以恢弘發揚，再造輝煌，此正民國以來直至今日，中國知識界文化界苦苦思索探尋而歷久彌新之時代課題！

正是在這個意義上，民國的學術著作，這些體現了當日中國文化精英思考、研究、探索中國的社會與國家之現代化轉型的成果，其中的材料等或已經是舊痕陳迹，而其所思考的問題，所探索的思路，所提出的設想，以及這些著作本身的種種成就和不足，對於今天的中國現實，仍然具有攻錯借鑒的意義。他山之石，可以攻玉，何况此本非他山之石，正我山自有之石乎！

欲滅其國族，必先滅其文史。民族的歷史，特别是文化史、思想史、學術史，誠乃一國一族之精魂慧命之所在所基。當年日本侵略者之所以轟炸商務印書館與東方圖書館者，正深諳此理也。而商務印書館鳳凰涅槃浴火重生之艱苦奮鬥，亦未稍懈於斯。

民國語文，也在「轉型」途程中，這些學術著作的文風，大多是一種「尚存文言痕迹的白話文」。今天的青年讀者閱讀起來，也許會有异樣的感覺，但也可謂别具一種風味。而此二十三種著作的作者，絶大多數爲南方人，如浙江、江蘇、湖南、福建等省份，這些著作又大都在上海出版，由此亦可見民國時期文化發展的大情勢。這二十三種著作的二十位作者，當其撰寫著作之時，應該説彼此質素、學養都相差不遠，而其後之發展結局，則有的著作等身成爲大家大師，有的則後勁不足而逐漸湮滅少聞，固然各人機遇運會不同，而個人心志的堅持和努力之有無强弱，無疑是最主要的因素。對今日之學人特别是青年，不也很有啓發意義嗎？

潛入歷史的塵霾中排沙簡金，而選擇出此二十三册著作，並非筆者所爲，因而對此種簡選是否即能代表民國時期文學研究的大體大略，實亦不敢斷言，滄海遺珠或在所難免。而忝膺爲此編叢書作序的重任，惶恐之意，自不待言，管窺蠡測，亂彈胡侃，尚祈盼海内外方家不吝指教。但披閲這些先賢的著述，恰如驀然回首，向幽深的夜，重新點燃支支老紅燭。「紅燭啊！是誰制的蠟——給你軀體？是誰點的火——點着靈魂？」（聞一多紅燭）

點點燭光，明輝熠熠，回顧往昔，瞻望將來，道一聲：願我們的中國，鑒古灼今，發揚傳統精華，吸取五洲營養，漸進改革，持續開放，醒獅昂首，闊步奮行，前程佳美！

二〇一四年四月一日於大連

作者簡介

徐珂（一八六九年—一九二八年），原名昌，字仲可，浙江杭縣（今杭州市）人。光緒年間（一八八九年）舉人。後任商務印書館編輯。編有清稗類鈔、歷代白話詩選、古今詞選集評等。

清代詞學概論目錄

清代詞學概論

第一章　總論

詞之學。剝於明。詞學至南宋之季・幾成絕響・知比興者・元之張翥而已・明初作者・猶沾虞集張翥之舊・不乖於風雅・永樂以後・南宋諸名家詞・皆不顯於世・盛行者爲花間集草堂詩餘二選・楊愼王世貞輩之小令中調・猶有可取・長調皆失之俚・惟陳子龍之湘眞閣江離檻詞・直接唐人・則得於天者獨優也・至清而復之。直接南北兩宋。可謂盛矣。然當開國之初。京朝士大夫雖依聲斆。猶慨滄桑。特假長短之句。藉抒抑鬱之氣。始而微有寄託。久則務爲諧暢。而吳越操觚家。聞風興起。作者選者。妍媸雜陳。遂不免有怪詞鄙詞游詞之三大蔽。王漁洋名士禛・字貽上・號阮亭・別號漁洋山人・新城人・有衍波詞・之數載廣陵。實爲斯道總持。蓋皆祖述南宋。惟草堂詩餘是規。罕或及於北宋以上。殆若文之禰唐宋八家而祧東西京。詩之學蘇名軾・字子瞻・一字和仲・自號東坡居士・謚文忠・眉山人・有東坡居士詞・黃名庭堅・字魯直・號涪翁・自號山谷道人・謚文節・分寧人・有山谷詞・而不知有蘇名武・字子卿・李名陵・字少卿・成紀人・十九首。未可謂善學也。洎漁洋在朝位高望重。絕口不談倚聲。於是嚮之言詞者。悉去而言詩古文辭。視花間集草堂詩餘頓若雕蟲小技之見恥於壯夫。蓋習俗移人。涼燠之態。浸淫而入於風雅。可太息也。

清初之詞。最著者爲朱竹垞（名彝尊·字錫鬯·號竹垞·自號小長蘆釣師·秀水人·有江湖載酒集·靜志居琴趣·茶烟閣體物集·蕃錦集·）陳其年。（名維崧·字其年·宜興人·有迦陵詞·）兩人並世齊名。合刻朱陳村詞。流傳天下。竹垞之情深。所作詞高秀超詣。綿密精美。其蔽爲餖飣。其年之筆重。所作詞天才豔發。辭鋒橫溢。其蔽爲粗率。嘉慶以前。詞人爲竹垞其年牢籠者。十之七八。繼之而起。名重一時者。實惟納蘭容若（初名成德·後改性德·字容若·滿洲人·有飲水詞·）門地才華。直越北宋之晏小山（名幾道·字叔原·臨川人·有小山詞·）而上之。其詞纏綿婉約。能極其致。南唐墜緒。絕而復續。所惜享年不永。未竟其學耳。厥後數十年。詞格愈趨愈下。東南諸行省。選聲訂韻者。流未嘗無才雋之士。往往高語清空。而失之薄。力求新豔。而流於尖。微特距兩宋若霄漢。甚且爲元明之罪人。能自拔者殊罕。故論詞者自明之末造。以迄清之中葉。輒推臥子（陳子龍·字人中·更字臥子·號大樽·華亭人·有湘眞閣江離檻詞·）第一。容若次之。竹垞其年樊榭（厲鶚·字太鴻·錢塘人·有樊榭山房詞續集。及猶不得爲上乘也。文字無大小。必有正變。必有家數。蔣鹿潭（名春霖・字鹿潭・江陰人・有水雲樓詞・）詞。固清商變徵之聲。而流別甚正。家數頗大。與納蘭容若項蓮生（名鴻祚・原名繼章・字蓮生・錢塘人・有憶雲詞・）二百年中。分鼎三足。咸豐兵事。天挺此才。爲倚聲家杜老。而晚唐兩宋一唱三歎之意則已微矣。或曰。何以與成項並論。應之曰。王漁洋錢葆馚（名芳標・字葆馚・華亭人・有湘瑟詞・）一流爲才人之詞。張皋文（名惠言・字皋文・陽湖人・有茗柯詞・）張翰風（名琦・皋文弟・有立山詞・）周止庵（名濟・字保緒・一字介存・號未齋・晚號止庵・荊溪人・有味雋齋詞・）一派爲學人之詞。惟三家是詞人之詞。與朱竹垞厲樊榭同工異曲。其他則旁流羽翼而已。此吾師譚復堂先生（名獻・原名廷獻・字仲修・一作仲儀・又字滌生・有復堂詞・）之言也。明乎此而光宣間之詞家亦可推知矣。

第二章　派別

（一）浙派

有清一代之詞。有二大別。一浙派。一常州派。亦猶散體文之有桐城陽湖二派也。

浙派始於秀水之朱竹垞。蓋承明詞之敝。而崇尚清靈。欲以救嘽緩之病。洗淫曼之陋也。李符曾（名良年・字符曾・秀水人・有秋錦山房詞・）李分虎（名符・字分虎・一字耕客・嘉興人・有耒邊詞・）師之。傳其學。然標格僅在南宋。以姜（名夔・字堯章・鄱陽人・流寓吳興・自號白石道人・有白石詞・）張（名炎・字叔夏・西秦人・僑居臨安・自號樂笑翁・有玉田詞・山中白雲詞・）為登峯造極之境。厲樊榭繼之。流極所至。爲餖飣。爲寒乞。又若樂府補題遺民酬倡。有騷辨之風。所謂寓意於物也。南宋之末。詞流精粹。與清空之旨異流同源。蓋比興深遠。辭旨高奇。可以觸類引伸。尤可通知人論世之學。後起作者。巧搆形似之言。漸忘古意。竹垞樊榭。皆不得辭其咎。

竹垞之於曹倦圃。（名溶・字秋嶽・一字潔躬・號倦圃・秀水人・有靜惕堂詞・）傾倒備至。嘗云。余壯日從先生南游嶺表。西北至雲中。酒闌燈灺。往往以小令慢詞。更迭唱和。有井水處。輒爲銀箏檀板所歌。念倚聲雖小道。當其爲之。必崇爾雅。斥淫哇。極其能事。則亦足以昭宣六義。鼓吹元音。往者明三百禩。詞學失傳。先生搜輯遺集。余曾表而出之。數十年來。浙西塡詞者。家白石而戶玉田。春容大雅。風氣之變。實由於此。

北宋李蕭遠（名祁）點絳脣詞。有碧水黃沙。夢到尋梅處。花無數。問花無語。明月隨人去。五句。況蕙風（名周頤・初名周儀・字夔笙・號蕙風・臨桂人・有蕙風詞・）謂其意境不求甚深讀者悅其輕倩竹垞錄入詞綜固浙派之初祖也蕙風且曰論詞以兩宋為集大成而北宋尤多高手以凝重寫端莊浙派但事綺藻韻致。已落下乘。論者多謂為南宋開其源實則賀方回（名鑄・字方回・衛州人・退居吳下・築室於橫塘・自號慶湖遺老・有東山寓聲樂府・）東山樂府鬆秀處固不可及然已失拙大重之三要亭甲有自。未可卽歸之南宋。其小重山云枕上閶門報五更蠟燈香炧冷。恨天明。青蘋風轉移帆旌。橋頭燕。多謝伴人行。臨鏡想傾城。兩尖眉黛淺。淚波橫。豔歌重記遺離羣。纏綿處。翻是斷腸聲。又云月月相逢祇舊圓。迢迢三十夜。夜如年。傷心不照綺羅筵。孤舟裏。單枕若為眠。茂苑想依然。花樓連苑起。壓漪漣。玉人千里共嬋娟。清琴怨。腸斷亦如絃。此等尤具面目。後來學者以周（名邦彥・字美成・錢塘人・有清眞詞・）柳（名永・字耆卿・初名三變・樂安人・有樂章集・）之不可倖至而取徑於秦（名觀・字少游・一字太虛・高郵人・有淮海詞・）賀。其至者容似飲水。而凝重之體態遂不易復得矣起衰振靡此中之消息正不可不知蕙風於南宋高觀國（字賓王・號竹屋・山陰人・有竹屋癡語・）齊天樂中秋懷梅溪古驛烟寒。幽垣夢冷。應念秦樓十二等句。則謂其開清詞門徑。鉤勒太露。便失之薄。

要之。浙派之詞。竹垞開其端。樊榭振其緒。頻伽（郭麐・字祥伯・號頻伽・吳江人・僑居嘉善・有靈芬館詞）暢其風。皆奉白石玉田爲圭臬。不肯進入北宋人一步。況唐人乎。世之詬病浙派者。謂其以白石玉田爲止境。而又不能如白石之澀。玉田之潤也。

吳枚庵郭頻伽。皆浙派中人。而枚庵高朗。頻伽清疏。浙派爲之一變。疏俊少年。每以頻伽之名雋。篤嗜之。然詞宜深澀。頻伽滑矣。詞宜柔厚。頻伽薄矣。

項蓮生篇旨清峻。託體甚高。一洗浙中嘽膩破碎之習。蓋仰鏡北宋。而天賦殊近南唐也。

（二）常州派

浙派至乾嘉間而益敝。張皋文起而改革之。其弟翰風和之。振北宋名家之緒。闡意內言外之旨。而常州派成。別裁僞體。上接風騷。賦手文心。開倚聲家未有之境。襟抱學問。噴薄而出。以沈著醇厚爲宗旨。而斯道始昌。大江以南。承律呂陳風雅者。遂不可勝數。俳諧之病。時已淨盡。卽蔓衍嘽緩。貌似南宋之習。作者亦漸悟其非矣。臯文翰風所輯宛鄰詞選。雖町畦未闢。而奥窔已開。蓋以深美閎約爲旨。而倚聲之學。至是始日趨正鵠。其意在尊淸眞而薄姜張。祝蘇辛（辛棄疾。字幼安。諡忠敏。歷城人。有稼軒長短句。）猶爲小家。貴能以氣承接。通首如歌行然。又須有轉無竭。全用縮筆包舉時事。嘉慶以來名家。大抵自此而出。其友人惲子居（名敬。字子居。號簡堂。陽湖人。有大雲山房集。）錢季重（名季重。陽湖人。有黃山詞。）丁若士（名履恆。字若士。武進人。有宛芳樓詞。）陸祁生（名繼輅。字祁生。陽湖人。有淸鄰詞。）左仲甫（名輔。字仲甫。陽湖人。有念宛齋詞。）李申耆（名兆洛。字申耆。陽湖人。有蜩翼詞。）黃仲則（名景仁。字仲則。陽湖人。有竹眠詞。）鄭善長（名掄元。字善長。歙縣人。有字橋詞。）弟子金子彥（名應城。字子彥。歙縣人。有蘭簃詞。）金朗甫（名式玉。字朗甫。歙縣人。有竹鄰詞。）亦皆不愧一時作家。

董晉卿（名士錫。字晉卿。一字損甫。武進人。有齊物論齋詞。）臯文翰風之甥也。學於舅氏。造微踵美。爲其後勁。以爲詞者。意內而言外。變風騷人之遺。周止庵爲嘉道間人。納交於晉卿。遂受法焉。已而造詣日以異。論說亦互相短長。晉卿初好玉田。止庵曰。玉田意盡於言。不足好。止庵不喜清眞。而晉卿推其沈著拗怒。比之少陵。（杜甫。字子美。居杜陵。自稱杜陵布衣。又稱少陵野老。襄陽人。）牴牾者一年。晉卿益厭玉田。而止庵遂篤好清眞。止庵又以少游多庸格。爲淺鈍者所易託。白石疏放。醞釀不深。而晉卿深詆竹山。（蔣捷字勝欲。學者稱竹山先生。有竹山詞。）麤鄙牴牾者又一年。止庵始薄竹山。然終不好少游也。止庵之於晉卿。切磋既久。於是益窮正變。持論尤精。所謂愼重而後出之。馳騁而變化之。胸襟醞釀。乃有所寄。誠扼要之論。不易之言也。止庵又嘗曰。近人頗知北宋之妙。然終不免有姜張二字。橫亘胸中。豈知姜張在南宋亦非巨擘乎。論詞之人。叔夏晚出。既與碧山（王沂孫。字聖與。號碧山。又號中仙。會稽人。有碧山樂府。一名花外集。）同時。又與夢窗（吳文英。字君特。號夢窗。四明人。有夢窗甲乙丙丁稿。）迴別。是以過尊白石。但主清空。後人不能細研詞中曲折深淺之故。羣聚而和之。幷爲一談。亦固其所也。其論白石者有七。一曰。北宋詞多就景敘情。故珠圓玉潤。四照玲瓏。至稼軒白石。一變而爲卽事做景。使深者反淺。曲者反直。吾十年來服膺白石。而以稼軒爲外道。

由今思之。可謂瞽人捫籥也。稼軒鬱勃。故情深。白石放曠。故情淺。稼軒縱橫。故才大。白石局促。故才小。惟暗香疏影二詞。寄意題外。包蘊無窮。可與稼軒伯仲。餘俱據事直書。不過手意近辣耳。二曰。白石脫胎稼軒。變雄健爲清剛。變馳驟爲疏宕。蓋二公皆極熱中。故氣味吻合。辛寬姜窄。寬故容藏。窄故鬬硬。三曰。白石號爲宗工。然亦有俗濫處。（揚州慢。淮左名都。竹西佳處。）寒酸處。（法曲獻仙音。象筆鸞箋。甚而今不道秀句。）補湊處。（齊天樂。邠詩漫與。笑籬落呼燈。世間兒女。）敷衍處。（淒涼犯。追念西湖上。半闋。）支處。（湘月。舊家樂事誰省。）複處。（一萼紅。翠藤共閒穿徑竹。記曾共西樓雅集。）四曰。白石詞如明七子詩。看是高格響調。不耐人細思。五曰。白石以詩法入詞。門徑淺狹。如孫過庭書譜。（孫虔禮。字過庭。陳留人。一曰富陽人。工書。自宋以來。皆推能品。嘗著書譜。張懷瓘最推獎之。稱其深得旨趣。操翰者咸奉爲指南焉。）但便後人模仿。六曰。白石好爲小序。序卽是詞。詞仍是序。反覆再觀。如同嚼蠟。詞序。序作詞緣起。以此意詞中未備也。今人論院本。尙知曲白相生。不許複沓。而津津於白石一序。一何可笑。七曰。白石小序甚可觀。苦與詞複。若序其緣起。不犯詞境。斯爲兩美。其論玉田者有五。一曰。玉田近人所最尊奉。才情詣力。亦不後諸人。終覺積穀作米。把纜放船。無開闊手段。然其清絕處。自不易到。二曰。玉田詞佳者匹敵聖與。往往有似是而非者。不可不知。三曰。叔夏所以不及前人者。只在字句上著工夫不肯換意。若其用意佳者。卽字字珠輝玉映。不可指摘。近人喜學玉田。亦爲修飾字句易。換意難。四曰。玉田才本不高。專恃磨礱雕琢。裝頭作腳。處處妥當。後人翕然宗之。然如南浦之賦春水。疏影之賦梅影。逐韻湊成。毫無脈絡。而戶誦不已。眞耳食也。五曰。筆以行意也。不行須換筆。換筆不行。便須換意。玉田惟換筆不換意。

止庵持論之異於皋文者。爲推挹夢窗。謂其立意高。取徑遠。非餘子所及。皋文不取夢窗。則爲碧山所限耳。

止庵見地至高。其論詞有獨到處。嘗曰。學詞先以用心爲主。遇一事。見一物。卽能沈思獨往。冥然終日。出手自然不平。次則講片段。次則講離合。有片段而無離合。一覽索然矣。次則講色澤音節。又曰。感慨所寄。不過盛衰。或綢繆未雨。或太息厝薪。或已溺己飢。或獨清獨醒。隨其人之性情學問境地。莫不有由衷之言。見事多。識理透。可爲後人論世之資。詩有史。詞亦有史。庶乎自樹一幟矣。若乃離別懷思感士不遇。陳陳相因。唾瀋互拾。便思高揖温韋。不亦恥乎。又曰初學詞求空。空則靈氣往來。既成格調求實。實則精力彌滿。初學詞求有寄託。有寄託則表裏相宣。斐然成章。既成格調。求無寄託。無寄託。則指事類情。仁者見仁。知者見知。北宋詞。下者在南宋下。以其不能空。且不知寄託也。高者在南宋上。以其能實。且能無寄託也。南宋則下不犯北宋拙率之病。高不到北宋渾涵之詣。又曰詞非寄託不入。專寄託不出。一物一事引而伸之。觸類多通。驅心若游絲之罥飛英。含毫如郢斤之斲蠅翼。以無厚入有間。既習已。意感偶生。假類畢達。閱載千百。謦欬弗違。斯入矣。賦情獨深。逐境必寤。醞釀日久。冥發妄中。雖鋪敍平淡。摹繢淺近。而萬感橫集。五中無主。讀其篇者。臨淵窺魚。意爲魴鯉。中宵驚電。罔識東西。赤子隨母笑啼。鄉人緣劇喜怒。抑可謂能出矣。余所望於世之爲詞人者。蓋如此。

自是以還。詞學大昌。江浙人士。以不能塡詞爲恥。名手逸製。時能以隱秀相尚。亦頗微窺北宋之妙。然僅取材南宋。止於婉約淸超之境。者亦正不乏人耳。且自常州派興。雖比興漸盛。不無皮傅。不善學之。則入於平鈍廓落。學者當於其深雋處求之。蔣劍人（名敦復。原名寶鍔。字克父。寶山人。有芬陀利室詞。其初爲僧時。名妙塵。字鐵岸。）稍後於止庵。詞宗北宋。亦力主有厚入無間之說。謂有厚入無間者。南宋自稼軒夢窗外。白石間能之。碧山時有此境。其他即無能爲彼。此與止庵之持論相近。

譚復堂師所作詞。大雅遒逸。深美閎約。推本止庵之指。發揮而光大之。與莊中白（名棫。丹徒人。有蒿庵詞。）游。一時學者稱譚莊。蓋能以比興柔厚之旨相贈處而皆持有厚入無間之說也。師嘗取止庵所纂詞辨而評之。自謂心知止庵之意。而持論小異。大抵止庵所謂變。亦師所謂正也。而折衷柔厚則同。王半塘（名鵬運。字佑遐。一作幼霞。自號半塘僧鶩。臨桂人。有半塘定稿。賸稿。）與師同時。其詞幼眇而沈鬱。義隱而指遠。蓋導源碧山。復歷稼軒夢窗以還淸眞之渾化。與止庵之說。契若針芥。其詞派於常州爲近。蓋亦夙尙體格者也。朱彊邨（名祖謀。今復其舊名曰孝臧。字古微。號漚尹。自號上彊邨民。歸安人。有彊邨語業。）學於半塘。先研求源流正變之故從南宋入手。明以後詞。絕不寓目。久之。始瀏覽清人詞。是以格調高簡。風骨遒上。能卓然名家。其與半塘校刊宋元人之詞集。亦至精審。況蕙風切磋於半塘彊邨。而崇尙體格。嘗言作詞有三要。宜重宜拙宜大。又言自然宜從追琢中出。故所作頓挫排盪。柔厚沈鬱。千辟萬灌。略無鑪錘之迹。而又嚴於守律。一聲一字。悉無乖舛。與鄭叔問（名文焯。字叔問。號小坡。漢軍人。有樵風樂府。）相近。叔問之詞。感興微言。滄遠沈著。且深明管絃聲數之異同。於白石自度曲所記音拍。能以意通之。尤非近世人所有也。要之。同光以還。有譚王鄭朱況之迭主詞壇。而學者乃知宗尙北宋。以深美閎約爲歸。佻巧奮末之風。自此而殺。於是斯道得與於著作之林。與詩文同其正變矣。

第三章　選本

自明季左道言詞。朱竹垞標舉準繩。以提倡之。選唐五代宋金元之詞爲詞綜三十六卷。所甄錄者。除專集外。爲趙崇祚花間集。（詩變爲詞。始於中唐。而成於五代。然大抵附見詩集中。其以詞別爲一編者。自花間集始。）黃昇花庵絕妙詞。中興以來絕妙詞。陳景沂全芳備祖樂府。元好問中州樂府。彭致中鳴鶴餘音。鳳林書院元詞樂府補題。許有孚圭塘欸乃集。顧梧芳尊前集。舊有尊前集。無傳本。明顧梧芳采錄名篇。釐爲二卷。而仍其名。楊愼詞林萬選。陳耀文花草粹編。沈際飛草堂詩餘廣集。茅暎詞的。卓人月詞統。諸書採摭繁富。歷八載乃成。雖不及歷代詩餘一百卷康熙四十六年沈辰垣等奉勅撰。百卷。自唐至明。凡九千餘闋。之廣。其鑒別精審。辨訂詳核。務去陳言。悉爲雅詞。有足多者。於是王述庵名昶。字德甫。號述庵。學者稱蘭泉先生。靑浦人。有紅葉江村詞。繼之成詞綜補人二卷吳則禮至吳存二十八人。又成明詞綜十二卷。是書爲竹垞未成之選本。述庵搜輯之。國朝詞綜四十八卷二集二卷。論者謂其去取之旨。一本之竹垞。蓋皆拾南渡之瀋。以姜張爲極軌。不獨珠玉晏殊。字同叔。謚元獻。臨川人。有珠玉詞。六一歐陽修。字永叔。號醉翁。晚號六一居士。謚文忠。廬陵人。有六一居士詞。淮海淸眞。皆成絕響。卽中仙夢窗深處。亦全未窺見。或且曰竹垞詞綜意旨枯寂。述庵繼輯。尤爲冗漫。以二窗草窗夢窗也。周密。字公謹。濟南人。僑居吳興。自號弁陽嘯翁。又號蕭齋。有竹窗詞。又名蘋洲漁笛譜。爲祖禰。視辛劉劉過。字改之。襄陽人。一云太和人。有龍洲詞。如仇讎。家法若斯。庸非巨謬。二百年來。不爲所籠絆者。蓋亦僅矣。又繼之者。有黃韻珊名燮清。字韻珊。海鹽人。有倚晴樓詩餘。之國朝詞綜續編二十四卷。丁杏舲名紹儀・號杏舲・無錫人・之國朝詞綜補。有陶鳧薌名梁・字鳧薌・長洲人・有紅豆樹館詞・之詞綜補遺。又文選樓叢書未刻稿本待購書目。有女詞綜二卷今無傳本孫月坡名麟趾・字清瑞・號月坡・長洲人・有零珠詞碎玉詞・亦嘗輯國朝詞綜以後之作者爲絕妙近詞。去取矜愼。殆可繼踵草窗。所選皆沖澹幽微。如讀中唐七言詩。又近人梁令嫻新會人・啓超女・有藝蘅館詞選。蓋以詞綜續詞綜之撰錄爲過濫。而又病宛鄰詞選宋四家詞選之甄采爲過嚴。乃有是輯也。

自嘉道間張皋文翰風之宛鄰詞選二卷唐李白等三家・五代南唐中主等十八家・宋徽宗皇帝等三十三家・凡四十四家・一百十六闋・董子遠名毅・陽湖人・續詞選唐李白等四家・五代後唐莊宗等六家・宋晏殊等四十二家・凡五十二家・一百二十二。闋・出而人始知崇尚清眞。繼承北宋矣。周止庵尊皋文翰風之說而推衍之。光大之。於源流正變之故。尤多深造自得之言。雖所選詞辨二卷。卷一爲正・唐溫庭筠等十七家・五十九闋・卷二爲變・五代李後主等十一家・三十三闋・共九十二闋・〇此詞辨・與御選歷代詩餘附刊之歷代詞話所引詞辨異・與宛鄰詞選微有出入。要其大旨。固深惡夫昌狂雕琢之習而不反。亟思有以釐正之也。復堂師從而評之。比而觀之。思過半矣。師且謂周氏以二卷爲變。截斷衆流。解人不易索也。（止庵初輯詞辨十卷、一卷起溫庭筠爲正、二卷起五代李後主爲變、名篇之稍有疵累者、爲三四卷、平妥清通、纔及格調者、爲五六卷、大體紕繆、精彩間出、爲七八卷、本事詞話爲九卷、庸選惡札、迷誤後生、大聲疾呼、以昭炯戒、爲十卷、寫本成、有田生者攜以北、附糧艘行、衣袽不戒、阨於黃流、爾後稍稍追憶、僅存正變二卷、止庵自謂向有遺落也、）

潘四農（名德輿、字四農、山陽人、有養一齋詞、）於宛陵詞選。頗持異論。欲以北宋之詞。當盛唐之詩。不爲無見。而理路言詮。終非直湊單微之手。其與葉生書有曰。張氏詞選。抗志希古。標高揭己。宏音雅調。多被排擯。五代北宋。有自昔傳誦。非徒雋字之警者。亦多愬然置之。竊謂詞濫觴於唐。暢於五代。而意格之閎深曲摯。則莫盛於北宋。至南宋則稍衰矣。張氏之後。首發難端。可謂持之有故。而以迹論。則亦何異明中葉詩人之侈口盛唐耶。

清人所選歷代之詞。詞綜等書外。有夏秉衡之歷朝名人詞選。吳灝之歷代名媛詞選。而譚復堂師亦嘗選歷代之詞。爲復堂詞錄十卷。蓋唐五代宋金元明詞也。（唐五代爲前集，一卷，宋爲正集，七卷，金元一卷，別一卷，爲後集，書成未刊。師歸道山。稿凡三百四十餘人，一千有四十七闋，末附論詞一卷，本遂不知所往。師年十二，始習詞，卽尋其指於人事，論作者之世，思作者之人，三十而後，審其流別，又得先正緒言以相啓發，年踰四十，益明於古樂之似在樂府，樂府之餘在詞，如是者，年至五十，所見始定，先寫清人詞五卷，以相證明，復就二十二歲以後，審定由唐至明之詞，始多所棄，中多所取，終則旋取旋棄，乃始寫定，所附論詞之說，則折衷古今名人之論，而自謂非是一人之私言，

綜數代之詞而選錄者。劉中受名逢祿，字中受，武進人，有詞雅五卷八十家，三百闋，則皆唐五代宋之詞。其自敘以爲唐五代宋所傳才士名卿。閎意眇旨。正變聲律具矣。成漱泉名廱，字漱泉，寶應人，有唐五代詞選三卷。卷上唐昭宗等二十五人，卷中韋莊等十二人，卷下歐陽炯等十三人，凡五十人，三百四十七首，雖皆緣情靡曼之作。感遇怨悱之旨。然至精審。周稚圭名之琦，字稚圭，祥符人，有金梁夢月詞，有心日齋十六家溫庭筠，李後主，韋莊，李洵，孫光憲，晏幾道，秦觀，賀鑄，周邦彥，姜夔，史達祖，吳文英，王沂孫，蔣捷，張炎，張翥，詞選。爲唐宋五代宋元人詞。詞後各係以詩。判別流派。具有見地。雖未及皋文止庵之陳義甚高。要亦倚聲家疏鑿手也。

詞選之斷代取材者。未由盡正變之軌。然周止庵之宋四家詞選。則盡美盡善。爲倚

聲選本之正鵠。四家爲周邦彥·辛棄疾·王沂孫·吳文英·周邦彥下·附晏殊等十九人·辛棄疾下·附徐昌圖等十三人·王沂孫下·附林逋等十一人,吳文英下·附張昇等十四人·共五十一人·二百三十九首·其所望於詞人之讀是選者。問途碧山。歷夢窗稼軒以造乎清眞。譚復堂師謂其陳義甚高。勝於宛陵詞選。卽潘四農亦無可詆諆矣。以有寄託入。以無寄託出。千古文章之能事盡。豈獨塡詞爲然。況蕙風言止庵自序所輯宋四家詞筏。以近世爲詞者。推南宋爲正宗。姜張爲山斗。域於其至近者爲不然。其持論與余況自謂介同異之間。姜張誠不足爲山斗。得謂南宋非正宗耶。詞筏未見。疑卽宋四家詞選也。此外之選宋詞者。尙有馮夢華名煦·字夢華·金壇人·有蒙香室詞·之宋六十一家詞選十二卷。六十一家爲晏殊·歐陽修·柳永·蘇軾·黃庭堅·秦觀·晏幾道·毛滂·陸游·辛棄疾·周邦彥·史達祖·姜夔·葉夢得·向子諲·謝逸·毛幵·蔣捷·程垓·趙師使·趙長卿·楊炎正·高觀國·吳文英·周必大·黃機·石孝友·黃昃·方千里·劉克莊·張元幹·張孝祥·程泌·葛立方·劉過·王安中·陳亮·李之儀·蔡仲友·戴復古·曾覿·楊无咎·洪瑹·趙彥端·洪咨夔·李公昂·葛勝仲·侯寘·沈端節·張榘·周紫芝·呂濱老·杜安世·王千秋·韓玉·黃公度·陳與義·陳師道·盧祖皋·晁補之·盧炳·蓋卽就汲古閣毛氏彙刊之宋六十一家詞而選之也。其短長高下周疏不盡同。而皆疑然有以自見。宋詞之大且深者。乃往往而在。夢華爲擇其尤。則尤善。又有戈順卿（名載．字順卿．吳縣人．有翠微花館詞．）之宋七家詞選七卷。（七家爲周邦彥、史達祖、姜夔．吳文英．周密．王沂孫．張炎．）其意欲求正軌以合雅音。自謂所選皆句意全美律韻兼精也。而最便初學者。以朱彊邨（署名上彊邨民．）之宋詞三百首爲至善。誦習既久。趨向自正。蓋求之體格神致。以渾成爲主旨也。況蕙風曰。第言渾成。未遽造極也。能循途守轍於三百首之中。必能取精用閎於三百首之外。益神明變化於詞外求之。則夫體格神致間。尤有無形之訢合。自然之妙造。卽更進於渾成。要亦未爲止境。無止境之學。必有以端其始基。則宋詞三百首尙已。是編所錄。爲南北宋八十七人之作。曰三百首。比之於唐詩三百首也。（八十七人．人各數首．始宋徽宗皇帝．終李清照．以周邦彥吳文英爲最多．周二十三首．吳二十四首．）此外爲初學之所宜讀者。有黃蓼園（桂林人．）之蓼園詞選。蓋取材於草堂詩餘。（譚復堂師嘗擬參仿王漁洋十種唐詩例．取花間集尊前集草堂詩餘花庵絕妙詞中興以來絕妙詞元儒草堂詩餘各選刪正之．用明人選唐詩例合編注出某選．而逡巡未果．）所選諸詞。有格調。有氣息。中間十之一二。爲大醇之小疵。（如柳耆卿黃山谷胡浩然康伯可僧仲殊諸作．）自餘名章俊語。撰錄精審。清疏朗潤。最便初學。學之雖不能至。卽亦絕無流弊。於性情於襟抱。不無裨益。不失其爲取法乎上也。林蠡槎（名葆鐘．字毓奇．號蠡槎．吳縣人．有蘭葉詞．）嘗選南宋四家詞。則以白石玉田爲宗。而旁及於草窗梅溪。（史達祖．字邦卿．汴人．有梅溪詞．）自皋文有緣情造端興於微言以相感動之論。而詞之體乃尊。自止庵有非寄託不入專寄託不出之論。而詞之學乃大。嘉道間頗有講求南唐北宋者。清眞夢窗之緒。旣昌。白石玉田漸爲已陳之芻狗。譚復堂師乃衍皋文翰風止庵之學。以篋中詞十卷。（正六卷、續四卷．）蓋皆清詞也。自順康以迄同光之作者。粗已具備。（正集上自納蘭容若．下至蔣鹿潭．中間爲陳其年朱竹垞厲樊榭郭頻伽張皋文吳枚庵周稚圭項蓮生諸家．容若竹垞而後．且數變矣．論具卷中．不覼縷也．）千金一冶。殊呻共吟。以表塡詞正變。無取刻畫二窗皮傅姜張也。專選清詞者。以是爲最多。爲最精。固度越國朝詞綜及續編。又絕妙近詞而上之。此外則有孫默之十六家詞。（吳偉業．梁清標．宋琬．曹爾堪．王士祿．尤侗．陳世祥．黃永．陸求可．鄒祗謨．彭孫遹．王士禛．董以寧．陳維崧．董兪．）清初詞家。略具是矣。又王漁洋有倚聲集。顧梁汾有十名家詞。張硯銘（名淵懿．字硯銘．青浦人．有月聽軒詩餘．）田鬋淵（名茂遇．字楫公．號鬋淵．有綠水詞．清平詞．）有詞壇妙品十卷。皆康熙前人之詞。孫月坡有七家詞選。（厲樊榭．林蠡槎．

吳枚庵·吳穀人·郭頻伽·汪小竹·周稚圭·去取頗精審。譚復堂師嘗欲廣之爲前七家。則宋轅文（名徵輿·字直方一字轅文·華亭人·有海閭香詞·）錢葆馚（名孫遹·字駿孫·號羨門·海鹽人·有延露詞·）沈遹聲（名豐垣·字遹聲·錢塘人·有蘭思詞·）也。益以李舒章（名雯·字舒章·華亭人·有蓼齋詞·）沈去矜（名謙·字去矜·號東江·仁和人·有東江詞·）陳其年爲十家。又廣之爲後七家。則張皋文周止庵項蓮生許海秋（名宗衡·字海秋·上元人·有玉井山館詩餘·）蔣鹿潭蔣劍人也。益以張翰風姚梅伯（名燮·字梅伯·號野橋·鎮海人·有疏影樓詞·）王少鶴（名拯·初名錫振·字定甫·號少鶴·馬平人·有茂陵秋雨詞·）爲十家。其專錄嘉慶朝人之詞者。爲張仲遠（名成·皋文子·）之同聲集。殆以繼宛陵詞選而爲之。若衆香詞者。則徐樹敏錢岳所選閨秀之作也。

第四章　評語

清代之詞。約計之。有初葉中葉末葉之三大別。作者評者。皆因之而異。彙錄評語。藉以覘初葉中葉末葉之風尙也。

李元鼎。字梅公。吉水人。明天啓進士。清兵部侍郎。有文江唱和集二卷。

鄧孝威云。文江詞清眞澹雅。無富縟之累。又得遠山夫人（即朱中楣亦吉水人）伉儷倡酬調琴鼓瑟亦詞林佳話也。

吳偉業字駿公。號梅村。太倉人。明崇禎進士。清國子監祭酒。有梅村詞一卷。

四庫全書提要云。吳偉業詩餘二卷。韻協宮商。感均頑豔。允足接跡屯田。嗣音淮海。王士禛詩稱白髮塡詞吳祭酒。亦非虛美。　尤展成云。先生以詩名海內。其所譜通天臺及臨春閣秣陵春諸曲。尤膾炙人口。詞在季孟之間。雖不多作。要皆不乖風雅之致。　王漁洋云。婁東祭酒長短句。能驅使南北史。爲是體中獨創。且流麗穩貼。不徒直逼幼安。

龔鼎孳字孝昇。號芝麓。合肥人。明崇禎進士。清刑部尙書。諡端毅。有三十二芙蓉詞一卷。

尤展成云。先生詞如花間美人。自覺斌媚。當與宋子京紅杏枝頭。晏同叔桃花扇底。並豔千古。　王漁洋云。龔尙書蓉山溪詞。重來門巷。盡日飛紅雨。不知其何以佳。但覺神馳心醉。

曹溶。字秋嶽。一字潔躬。號倦圃。嘉興人。明崇禎間進士。清戶部侍郎。有靜惕堂詞一卷。

朱竹垞云。余壯日從先生南游嶺表。西北至雲中。酒闌燈炧。往往以小令慢詞。更迭唱和。有井水處。輒爲銀箏檀板所歌。念倚聲雖小道。當其爲之。必崇爾雅。斥淫哇。極其能事。則亦足以宣昭六義。鼓吹元音。往者明三百禩。詞學失傳。先生搜輯遺集。余曾表而出之。數十年來。浙西塡詞者。家白石而戶玉田。春容大雅。風氣之變。實由於此。

梁清標。字玉立。眞定人。明崇禎進士。清保和殿大學士。有棠村詞二卷。

陸藎思云。棠村極穠豔而無綺羅薌澤之態。所謂生香眞色人難學也。

宋琬。字玉叔。號荔裳。萊陽人。四川按察使。有二鄉亭詞一卷。

董蒼水云。玉叔慢詞。多商羽之音。如秋颸拂林。哀泉動壑。小令如新箏乍調。雛鶯初囀。尖佻新豔。

何采。字滌源。上元人。侍讀。有南澗詞一卷。

湯潛庵云。省齋小詞。蒼涼高逸。能與稼軒放翁馳騁上下。

王士祿。字子底。號西樵。新城人。吏部考功司員外郞。有炊聞詞二卷。

四庫全書提要云。王士祿炊聞詞一百七十三首。其中如漁歌子之逐鷺徵凫下遠洲。生查子之階憐好月癡。點絳脣之雨嬲空庭。卜算子之暗燭影疑冰。皆未免失之雕琢。爲過於求奇之病。非詞家本色也。

曹爾堪。字子顧。嘉善人。侍讀學士。有南溪詞一卷。

尤展成云。近日詞家。愛寫閨襜。易流狎昵。蹈揚湖海。動涉叫囂。二者交病。顧庵工於寓意。發爲雅音。品格當在周秦姜史之間。

王士禛。字貽上。號阮亭。別號漁洋山人。謚文簡。新城人。刑部尙書。有衍波詞一卷。

彭羨門云。衍波詞體備唐宋。美非一族。江上之風高雁斷。蜀岡之亂柳啼鴉。贈雁之水碧沙明。參横月落。遠向瀟湘去。直合東坡稼軒白石梅溪爲一手。　鄒程村云。衍波詞小令。極哀豔之深情。窮倩盼之逸趣。其醉花陰浣溪沙諸闋。不減南唐二主也。

張錫懌。字宏軒。上海人。泰安州知州。有嘯谷餘聲一卷。

孫愷似云。嘯谷詞源出東坡。而溫雅綿麗。含蓄不露。則斟酌於小山淮海之間。

丁澎。字飛濤。仁和人。禮部郎中。有扶荔詞二卷。詞變一卷。

宗定九云。扶荔詞如瑣窗寒咏東風。入柳非烟。弄花無影。柳初新咏柳及早和他同倚怕消魂夕陽飛絮。淒楚囘環。情味無盡。以視花間草堂諸詞。不啻奴盧橘而婢黃柑。輿蒲萄而隸答遝。

孫暘。字赤霞。號蕉庵。常熟人。順治舉人。有折柳詞一卷。

朱竹垞云。蕉庵詞心情瀟雅。寄託遙深。能盡洗草堂陋習。 顧梁汾云。折柳諸作極清婉妍秀之致。較浣紅居詞。體格又一變矣。

李天馥。字湘北。謚文定。永城人。武英殿大學士。有容齋詞一卷。

曹秋嶽云楊用修評陸務觀詞。纖豔如淮海。沈雄似東坡。余謂容齋能兼擅所長。

毛際可。字會侯。遂安人。知縣。有浣雪齋詞一卷。

沈昭子云會侯博洽研貫其所爲詞俱審音協律。不愧大晟樂府之遺。

曹貞吉。字升六號實庵。安邱人。禮部員外郎。有珂雪詞二卷。

朱竹垞云。詞至南宋始工。斯言出。未有不大怪者。惟實庵舍人意與余合。今就咏物諸詞觀之。心摹手追。乃在中仙叔夏公謹。兼出入天游仁近之間。北宋自方回美成外。慢詞有此幽細綿麗否。　王漁洋云。實庵不爲閨襜靡曼之音。而氣韻自勝。其淡處絕似宋人。

董俞。字蒼水。華亭人。順治舉人。有盟鷗草閣詞三卷。

彭羨門云。蒼水情詞兼勝。小令尤工。

董元愷。字舜民。長洲人。順治舉人。有蒼梧詞一卷。

尤展成云。舜民以名孝廉忽遭詿誤。侘傺不自得。故激昂哀感。悉寓於詞。

余懷。字澹心。一字無懷。號曼翁。又號曼持老人。莆田人。有秋雪詞一卷。

吳梅村云。澹心詞。大要本於放翁。而藻豔輕俊。又得之梅溪竹山。

呂師濂。字黍字。山陰人。有守齋詞一卷。

王漁洋云。黍字詞峭雅而旨豔。

陸埜。字我謀。平湖人。有曠菴詞一卷。

彭羨門云。曠庵年來濩落不偶。所作長短調及和漱玉詞。若有所寄託而云然者。其詞妍雅綿麗。頗與北宋名家風格相似。

華袞。字龍眉。江都人。

王漁洋云。龍眉廣陵詩人。其詞清婉。彷彿竹屋蘆川。

王晫。初名棐。字丹麓。仁和人。諸生。有峽流詞一卷。

施愚山云。詞貴清空。不尙質實。丹麓詞在清空質實之間。

吳綺。字薗次。江都人。湖州府知府。有藝香詞一卷。

四庫全書提要云。吳綺詩餘最擅名。有紅豆詞人之號。以所作有把酒祝東風種出雙紅豆句也。跌宕風流。亦可謂一時才士矣。　朱竹垞云。薗次之詞選調寓聲。各有旨趣。其和平雅麗處。似陳西麓。

丁煒。字瀁汝。德化人。湖北按察使。有紫雲詞一卷。

朱竹垞云。紫雲詞流播南北。蓋兼宋元人之長。

佟世南。字梅岑。滿洲人。有東白堂詞一卷。

曹秋嶽云。東白詞纏綿婉約。當與柳屯田秦淮海爭長。

顧貞觀。字華峯。號梁汾。無錫人。國史院典籍。有彈指詞三卷。

杜紫綸云。彈指詞極情之至。出入南北兩宋。而奄有衆長。　況蕙風云。容若與梁汾交誼甚深。詞亦齊名。而梁汾稍不逮容若。論者曰失之肥。

錢芳標。字葆馚。華亭人。內閣中書。有湘瑟詞四卷。

彭羨門云。葆酚居清切之地。雍容都雅。名滿海內。乃詞名湘瑟。若以仲文自況。夫曲終江上。句非不工。然寥寥十韻。何至乞靈神助。以視是編之驚才絕豔。大歷才人。殆不免有愧色矣。

納蘭性德。納蘭氏。原名成德。字容若。滿洲人。康熙文進士。侍衛。有飲水詞三卷。

顧梁汾云。容若詞一種淒惋處。令人不能卒讀。人言愁我始欲愁　陳其年云。飲水詞哀感頑豔。得南唐二主之遺。　周稚圭云。或言納蘭容若南唐李重光後身也。予謂重光天籟也。恐非人力所及。容若長調多不協律。小令則格高韻遠。極纏綿婉約之致。能使殘唐墜緒。絕而復續。第其品格。殆叔原方囘之亞乎。況蕙風云。容若為國初第一詞人。其詞純任性靈。纖塵不染。甘受和。白受采。進於沈著渾至。不難矣。

楊大鶴。字九皋。武進人。官諭德。

王漁洋云。九皋年未及終童。而才情綺逸。偶作小詞。亦不減晏小山落花人獨立微雨燕雙飛之句也。

彭孫遹。字駿孫。號羨門。海鹽人。吏部侍郎。有延露詞三卷。

嚴秋水云。羨門驚才絕豔。長調數十闋。固堪獨步江左。至其小詞。啼香怨粉。怯月淒花。不減南唐風格。 吳子律云。彭十於字之多寡平仄。任意出入。沿明人故習。不若朱十之嚴。

王頊齡。字顓士。華亭人。武英殿大學士。諡文恭。有螺舟綺語一卷。

丁藥園云。螺舟詞能於無景中著景。此意近人所未解。

陸棻。字義山。平湖人。內閣學士。

蔣京少云。義山詞體致修潔。體物諸作。尤極工細。

尤侗。字展成。號西堂。長洲人。翰林院檢討。有百末詞二卷。

曹顧庵云。悔庵詞流麗圓轉。如細管臨風。新鶯啼樹。至其感慨詼諧。流傳酒樓郵壁。又天然工妙。直兼蘇辛秦柳諸長。

毛奇齡。初名甡。字大可。蕭山人。翰林院檢討。有毛翰林集塡詞六卷。

姜汝長云。河右詞其旨精深。其體温麗。戶網黏蟲枕聲停釧。吹簫苦脣朱之落。夢歡愁臂紅之銷。腰慵結帶時作縈迴。鏡裏看花暗相轉折。此眞靡曼之瑋辭。夫豈纖庸之佚調。

徐釚。字電發。吳江人。翰林院檢討。有菊莊詞楓江漁父詞各一卷。

宋牧仲云。菊莊憶秦娥菩薩蠻諸闋。猶有南唐遺韻。　梁雲麓云。菊莊高處。在穠豔中時見本色。

朱彝尊。字錫鬯。號竹垞。自號小長蘆釣師。秀水人。翰林院檢討。有江湖載酒集二卷。靜志居琴趣一卷。茶烟閣體物集二卷。蕃錦集一卷。

李分虎云。竹垞詞雖多豔語。然皆一歸雅正。不若屯田樂章。徒以香澤爲工者。詞而豔。能如竹垞斯可矣。　沈融谷云。竹垞詞句琢字鍊。歸於醇雅。雖起白石梅溪諸家爲之。無以過也。　杜紫綸云。竹垞詞神明乎姜史。刻削雋永。本朝作者雖多。莫有過焉者。　吳子律云。竹垞自云倚新聲玉田差近。其實玉田詞疏。竹垞詞謹嚴。玉田詞淡。竹垞詞精緻。殊不相類。竊謂小長蘆撮有南宋人之勝。而其圓轉瀏亮。應得力於樂笑翁耳。又云。竹垞詞有名士氣。淵雅深穩。字句密緻。

陳維崧字其年。宜興人。翰林院檢討。有迦陵詞三十卷。

曹秋嶽云。其年與錫鬯並負軼世才。同舉博學鴻詞。其爲詞亦工力悉敵。烏絲載酒一時未易軒輊也。

嚴繩孫字蓀友。無錫人。翰林院檢討。有秋水詞一卷。

張漁川云。國初詞家。小長蘆而外。斷推秋水。小詞精妙。一時作者未易幾也。樊榭論詞絕句曰。閒情何礙寫雲藍。淡處翻濃我未諳。獨有藕漁工小令。不教賀老占江南。　況蕙風云。秋水詞風格在梁汾容若之間。

孫枝蔚字豹人。三原人。康熙十八年舉博學鴻詞。有漑堂詞一卷。

尤展成云。豹人詞。以飛揚跋扈之氣。寫嶔崎歷落之思。其品格當在稼軒東坡之間。

李良年。字符曾。秀水人。康熙十八年舉博學鴻詞。有秋錦山房詞二卷。

曹升六云。秋錦論詞。必盡埽蹊徑。嘗謂南宋詞人。夢窗之密。玉田之疏。必兼之乃工。今讀是集。洵非虛語。

李符。字分虎。一字耕客。嘉興人。有耒邊詞一卷。

朱竹垞云。分虎游屐所向。南朔萬里。詞帙繁富。殆善學北宋者。頃復示余近稿。益精研南宋諸名家詞。乃變而愈上矣。　高二鮑云。耒邊詞。能盡埽臼科。獨露本色。在宋人中。絕似竹山。

汪森。字晉賢。桐鄉人。戶部郎中。有小方壺存稿詞二卷。

朱竹垞云。晉賢居桐鄉。築裘杼樓。積書萬卷。宋元人詞集最多。取而研究之。故其詞能標舉新異。一洗花間草堂陋習。

徐喈鳳。字竹逸。荆溪人。雲南同知。有蔭綠軒詞一卷。續集一卷。

徐野君云。竹逸詩餘。蕭寥工雅。兼備風騷。如聆清琴。不覺意消心遠。

魏允札。字州來。嘉善人。諸生。有東齋詞略四卷。

柯南陔云。東齋始學稼軒。縱橫排奡。不可捉搦。旣而焚香靜寄。灑然有得。鏟除豪氣。一歸淸雅。

孫鋐。字思九。華亭人。諸生。有繪影詞鏤冰詞各一卷。

盧文子云。思九詞。其精麗圓妥處。不減梅溪片玉。

趙維烈。字承哉。上海人。有蘭舫詞一卷。

丁藥園云。承齋詞。鍊格流露處。妙極自然。

沈豐垣。字遹聲。錢塘人。有蘭思詞四卷。

吳吳山云。蘭思詞。如獨憐春草不成花。看盡晚雲都做水。怪底窺人鶯不語。綠楊枝上微微雨。妙語天然。直臻神境。 譚復堂師云。沈遹聲倚聲柔麗。探源淮海方回所謂層臺緩步高謝風塵有竟體芳蘭之妙。

沈皞日字融谷，平湖人。有柘西精舍集一卷。

龔蘅圃云。融谷詞況之古人。殆類王中仙張叔夏。雖其博綜樂府。兼括衆長。固不盡出於二家。然體各有所近。不位置融谷於二家之間固不可也。

吳儀一字瑑符。一字舒鳧。錢塘人。監生。有吳山草堂詞十七卷。

厲樊榭云。吳山髫年游太學。名滿都下。尤工於詞。王新城晚年有寄懷西泠三子詩曰稗村樂府紫山詩更有吳山絕妙詞。此是西泠三子者。老夫無日不相思。其爲前輩推重如此。

陳謀道字心微。嘉善人。諸生。有百尺樓稿詞附。

嘉善縣志云。心微工小令。得南宋風致。王尙書士禛選入倚聲集。稱其數枝紅杏斜陽句。勝於宋子京。人稱爲紅杏秀才。

沈岸登字覃九。一字南渟。平湖人。有黑蝶齋詞一卷。

朱竹垞云。詞莫善於姜夔。梅溪玉田碧山諸家。皆具夔之一體。自後得其門者寡矣。吾友覃九。詞可謂學姜氏而得其神明者。

曹亮武。字渭公。宜興人。有南畊詞六卷荆溪歲寒詞一卷。

四庫全書提要云。亮武以倚聲擅名。與陳維崧爲中表兄弟。當時名幾相埒。其纏綿婉約之處。亦不減於維崧。而才氣稍遜。故縱橫跌宕。究不能與之匹敵也。

徐允哲。字西厓。上海人。有響泉詞一卷。

周鷹垂云。西厓爲春藻赤幟。響泉詞。尤極温藻芊綿之致。

蔣景祁。字京少。宜興人。同知。有梧月詞二卷。

朱竹垞云。梧月詞穠而不靡。直而不俚。婉曲而不晦。庶幾可嗣古人之遺響。

龔翔麟。字天石。號蘅圃。仁和人。御史。有紅藕莊詞三卷。

李分虎云。竹垞客通潞時。蘅圃與共朝夕。故爲倚聲最早。無纖毫俗尙入其筆端。

孫致絢。字愷似。號松坪。嘉定人。侍讀學士。有別花餘事一卷。梅沜詞四卷。衲琴詞一卷。

樓敬思云。松坪先生別花餘事。絕似東山東堂小山淮海。梅沜詞。則旁及於青兕。而變化於樂笑。其清空騷雅。駸駸乎入宋人之室矣。

焦袁熹。字廣期。金山人。康熙舉人。有此木軒直寄詞二卷。

李健林云。直寄詞高麗精巧。音節閒超然入勝。昔人稱梅溪融情景於一家。會句意於兩得。作者亦然。

魏坤。字禹平。嘉善人。康熙舉人。有水村琴趣四卷。

朱竹垞云。魏孝廉水村琴趣。力追南渡作者。

徐瑤。字天璧。荊溪人。有離墨詞二卷。

狄立人云。天璧才擅衆長。詞不一格。或瑰瑋如夢窗。或清勁如白石。或綺麗婉約如美成少游。

許田字莘野錢塘人高縣知縣有屏山春夢詞二卷水痕詞一卷
劉廷璣云詞家三昧全以不著迹象爲佳余最愛莘野解語花結句漾花梢一朶行雲化水痕難覔其妙處在離卽之間

戴錡字坤斧嘉興人監生有魚計莊詞一卷
朱竹垞云坤釜詞務去陳言謝朝華而啓夕秀蓋兼南北宋之長者

杜詔字紫綸號雲川無錫人翰林院庶吉士有浣花詞一卷鳳髓詞三卷蓉湖漁笛譜一卷
顧梁汾云浣花風流蘊藉詞如其人麗而則清而峭晏周之流亞也　宋牧仲云紫綸詞脫去凡豔品格在草窗玉田之間

程夢星字午橋江都人翰林院編修有茗柯詞一卷
四庫全書提要云今有堂集詩略近劍南一派而間出入於玉溪生詞亦具南宋之體但其格力差減耳　江冷紅云靑溪瓣香姜史故其詞極纏綿婉約之

致。

查爲仁字心穀。號蓮坡。宛平人。康熙舉人。有押簾詞一卷。

吳寶厓云。蓮坡才思超俊。履險能夷。時時招余坐花影庵。風簾雪檻。刻燭賦詩外。尤好倚聲。抽妍騁祕。宮協律諧。能盡洗草堂花間之餘習而出之以雅正。押簾一卷。允當把臂玉田。拍肩白石。

徐逢吉字紫山。自號青蓑老漁。錢塘人。諸生。有柳洲清響搖鞭集微笑集各一卷。

厲樊榭云。徐丈紫山黃雪山房。在學士港口。湖山幽勝處也。其詞淸微婉妙絕似宋人。

厲鶚。字太鴻。錢塘人。康熙舉人。乾隆元年舉博學鴻詞。有樊榭山房詞二卷。續集一卷。

徐紫珊云。樊榭詞生香異色。無半點烟火氣。如入空山。如聞流泉。眞沐浴於白石梅溪而得之者。　陳玉几云。樊榭詞淸眞雅正。超然神解。如金石之有聲而玉之聲清越。如草木之有花。而蘭之味芬芳。趙意田云。琴雅一編。節奏精微。輒多絃外之響。是謂以無累之神。合有道之器者。譚復堂師云。太鴻思力可到清眞。苦爲玉田所累。又云。塡詞至太鴻。眞可分中仙夢窗之席。世人爭賞其餖飣窳弱之作。所謂微之識碔砆也。

柯庭。字南陔。嘉善人。宜都縣知縣。有月中簫譜二卷。

吳日千云。南陔詞。有唐人之豔冶。而充拓其門垣。有南宋之縝密。而翦裁其繁蹟。

徐漢倬。字鳴皋。無錫人。

杜紫綸曰。鳴皋詞筆秀絕。

吳雯炯。字鏡秋。豐城人。有香草詞一卷。

厲樊榭云。笙山生世寡諧。含情有託。香草詞卷。小令尤工。莫道風敲竹。是儂來非手提金縷之冶思乎。孤月也應無可遺。各分愁一段。非踏楊花之鬼語乎。南唐北宋。殆兼其勝。　陳玉几云。笙山香草一編。薰心染臆於姜張吳史之間。故穠而不迷。豔而能清。

陸培。字翼風。號南薌。平湖人。東流縣知縣。有白蕉詞四卷。

厲樊榭云。南薌詞清麗閑婉。使人意消。續稿二卷。乃燕山後游及客梁園之作。年長多愁。聲情變而愈上矣　張今培云。白蕉詞宮鳴徵和。纖妙嬛奇。直兼宋元諸家所長。

張奕樞。字今培。平湖人。諸生。有紅螺詞一卷。

厲樊榭云。檇李爲詞人之藪。自竹垞導其源。而沈李諸家。一時稱盛。二十年來。久無繼聲者。張君今培起而振之。其詞綺麗芊綿。淡沲平遠。端可分鑣秋錦。接武南渟

查學。字七倫。號硯北。海甯人。監生。有半緣詞一卷。

厲樊榭云。東海查君七倫半緣詞。以澹雅爲宗。可謂善學南渡者。

王時翔。字抱翼。號小山。太倉人。成都府知府。有香濤集紺寒集靑綃樂府初禪綺語旗亭夢囈各一卷。

小山自跋云。詞至南宋始稱極盛。誠屬創見。然篤而論之。細麗密切。無如南宋而格高韻遠。以少勝多。北宋諸公。往往高拔南宋之上。余年十五。愛歐文忠晏小山秦淮海之作。摹其豔製得二百餘首。年來與里中毛博士鶴汀顧孝廉玉停舉詞社。二君皆仿南宋。余亦强效之。弗能工也。

毛健。字今培。太倉人。貢生。有臥茨樂府一卷。

王小山云。鶴汀杜門家居。購唐宋以來諸名家樂府。徧覽而精收之。薈萃醞釀。久而後發。故所著彌工。挹其神致。大都在薲洲花外玉田之間。

吳鎭。字信辰。狄道人。沅州府知府。有松崖詩錄附詞一卷。

楊蓉裳云。葉肥而孤花明。雲淨而峭峯出。　況惠風云。鏗麗沈至。是能融五代入南宋者。

王嵩、字穎山。太倉人。諸生。有別花人語一卷。

王小山云。南宋詞人號極盛。然以夢窗之奇麗而不免於晦。以周草窗之瀟逸而或近於平。穎山詞能兼二窗之美而無其病。

王策。字漢舒。太倉人。諸生。有香雪詞鈔二卷。

王小山云。香雪詞逸塵而奔。幾欲駕兩宋諸名家而出其上。

徐庾、字冏懷。太倉人。諸生。有曇華詞二卷。

王小山云。冏懷年少俊才。不隨時尚。尤愛塡詞。曇華一集。半皆風情之作。微詞婉約。託興遙深。

吳焯。字尺鳧。號繡谷。錢塘人。有玲瓏簾詞一卷。

厲樊榭云。繡谷作詞在中年以後。寓託既深。攬擷亦富。紆徐幽邃。惝恍綿麗。使人有淸眞再生之想。其招譜尋聲。兢兢於去上二字之分。尤不失刌度。

金肇鑾。字羽階。錢塘人。貢生。有存齋遺稿一卷。詞附。

杭堇浦云。存齋爲厲樊榭先生高弟。其詞幽秀澹逸。頗似秋林琴雅之遺。

馬曰琯字秋玉。祁門人。乾隆元年舉博學鴻詞。有嶰谷詞一卷。

陳授衣云。嶰谷性好交游。四方名士過邗上者。必造廬相訪。近結邗江吟社。以倚聲與賓朋酬倡。與昔時圭塘玉山相埒。其詞清新刻削。能自成一家。

陳榮杰字無波。一字慕陵。祁陽籍會稽人。諸生。乾隆元年舉博學鴻詞。有香夢詞二卷。

柯南陔云。無波詞能埽除靡曼之音。特標清新之意。　黃唐堂云。無波詞風流自賞。不輕出以示世。獨以余爲知音。其一種清虛婉約之致。全以情勝。

陸天錫字畏蒼。平湖人。乾隆舉人。有古香閣詩稿二卷。詞附。

張明信云。其詞體具葩騷旨趨。麗則旖旎。豪宕處無不與古作者意旨脗合。

江炳炎字研南。錢塘人。有琢香詞一卷。

陳玉几云。琢香詞豔豔如月。亭亭若雲。蕭然遇之。清風入林。程物賦形。而無遺聲焉。至於審音之妙。鑰合尺圍。靡間絲髮。昔人所稱神解者非耶。

江昱。字賓谷。號松泉。儀徵人。諸生。有梅鶴詞四卷。

刁去瑕云。賓谷雅好南宋人詞。尤愛其中一二家最平淡者。平日論詞及所自爲。並能追其所見。　趙飲谷云。賓谷梅邊琴泛一卷。追情石帚。繼響玉田。昔南史稱柳公雙鎖爲琴品第一。若梅邊琴泛者。其亦第一詞品乎。

張四科。字喆士。號漁川。臨潼人。監生。有響山詞四卷。

厲樊榭云。漁川詞删削靡曼。歸於騷雅。其研詞鍊意。以樂笑翁爲法。讀響山一編。覺白雲未遠也。

江昉。字旭東。號橙里。又號研農。歙縣人。有練溪漁唱三卷。集山中白雲詞一卷。

淮海英靈集云。橙里意境清遠。慕姜白石張叔夏之風。其詞清空蘊藉。無繁麗昵褻之情。除激昂跳號之習。可謂卓然名家。　沈沃田云。橙里少嗜倚聲。饒有清致。劌鉥肝腎。磨濯心志。蓋幾幾乎追南渡之作者。而與之竝。雖自汰甚嚴。所存不啻半珠一粟。而其苦心孤詣。善學古人。審音者固望而可知也。

朱雲翔。字逸佺。元和人。諸生。有蝶夢詞一卷。

許名崙云。蝶夢詞融情鍊景。刻羽引商。溯權輿於李唐。備體裁於趙宋。擬之竹垞。可與代興。

陸烜。字蝶厂。平湖人。有夢影詞一卷。

陳太暉云。夢影詞以白石之清勁。兼玉田之深婉。生香眞色。在離卽之間。

朱芳靄。字吉人。號春橋。桐鄉人。監生。有小長蘆漁唱四卷。

高槎客云。桐鄉朱子春橋。竹垞太史族孫。碧巢農部之外孫也。其詞句琢字鍊。調合律諧。具有小長蘆家法。

王昶。字德甫。號蘭泉。晚號述庵。青浦人。乾隆進士。刑部侍郎。有紅葉江村詞。

黃韻甫云。先生論詞。深得南宋宗旨。

董潮。字曉滄。號東亭。海鹽人。翰林院庶吉士。有漱花集詩餘一卷。

黃韻甫云。曉滄詞。如冷蝶秋花。自饒淒豔

吳錫麒。字聖徵。號穀人。錢塘人。國子監祭酒。有有正味齋詞。

譚復堂師云。祭酒名德清才。矜式後起。詩規漁洋。詞學樊榭。可云正宗。而骨脆才弱。成就甚小。

張誠。字熙河。晚號嬰上散人。平湖人。乾隆舉人。候選知縣。有鶴厂詞一卷。

黃韻甫云。高邁蒼豔。能擷蘇辛之精

汪棣。字韡懷。號對琴。江都人。貢生。刑部員外郎。有春華閣詞二卷。

黃唐堂云。對琴詞。如入武夷啖荔枝。鮮美獨絕。又如饌設江瑤柱。與羣殽錯迴別。　陳玉几云。對琴以餘事爲長短句。清音亮節。具體樂笑翁。而生峭之致。與折之趣。別自煎洗於夢窗白石。

吳泰來。字企晉。號竹嶼。長洲人。內閣中書。有曇香閣琴趣二卷。

蔣西餘云。企晉水月方清。雲嵐比潤。偶作詩餘。亦是蘇門長嘯。

趙文哲。字損之。號璞函。上海人。戶部主事。卹贈光祿寺少卿。有媕雅堂詞四卷。

吳竹嶼云。璞函詞瓣香於碧山蛻巖。故輕圓俊美。調協律諧。以近代詞家論之。允堪接武竹垞。分鑣樊榭。

朱澤生。字時霖。號芝田。休寧人。有鷗邊漁唱一卷。

吳竹嶼云。芝田天才幽雋。於詞不學而能。其西湖送春感舊及梨花翦秋羅諸闋。品格在碧山玉田之間。

朱莅恭。字叔曾。號桂泉。休寧人。諸生。

曹來殷云。桂泉詞幽倩。

張熙純。字策時。號少華。上海人。內閣中書。有曇華閣詞一卷。

朱吉人云。少華襟情爽颯。而塡詞又極纏綿。故以韻勝也。

林蕃鍾。字毓奇。號蠡槎。華亭教諭。有蘭葉詞一卷。

沈桐威云。蠡槎有精選南宋四家詞。以石帚玉田爲宗。而旁及於草窗梅溪。故鍊句研詞。自能超越凡近。

沈起鳳。字桐威。號蕢漁。吳縣人。祁門縣訓導。有吹雪詞一卷。

褚筠心云。桐威以度曲知名吳中。麴部求得新聲。奉爲珙璧。而詞亦清新不墮王實甫關漢卿蹊徑。

魏之琇。字玉横。錢塘人。有柳州樂府一卷。

江玉屏云。柳州詞筆平正。不失爲雅音。宋人中絕似陳西麓。

過春山。字葆中。吳縣人。諸生。有湘雲遺稿二卷。

吳竹嶼云。湘雲徜徉山水。嘯咏風月。所作詩詞。如雪藕冰桃。沁人醉夢。

沈蓮生。字清愛。號遠亭。平湖人。阜陽縣知縣。有香草溪詞。

屈韜園云。遠亭詞屏絕穠纖。獨抒清雋。　黃韻甫云。遠亭詞旨幽微。宜於秋燈疏雨時誦之。

姜安。字淳甫。號怡亭。錢塘人。訓導。有冬碧樓樂府。

郭頻伽云。淳甫與白樓米樓同以詞名浙中。爲蘭泉先生所賞。淳甫詞委折自道。不作囁嚅耳語。

孫鼎煊。字耀乾。休寧人。有耔香堂詞。

譚復堂師云。耔香堂詞雅健。有夢窗草窗遺意。

江聲。字鯨濤。吳縣人。嘉慶元年舉孝廉方正。有艮庭詞一卷。

惠松崖云。鯨濤少與過葆中吳企晉以詞唱和。逮專心經術。輟不復爲。而所存秀句名篇。並堪諷詠。

曹言純。字絲贊。號種水。嘉興人。貢生。有種水詞四卷。

黃韻甫云。種水詞慢調樸老堅潔。自饒嫵媚。非時下輕攏漫撚者所能學步。小令觸緒生情。瑣瑣如道家常。深得古樂府神理。禾中朱李以來。斷推作手。

袁棠。字甘林。號湘湄。吳江人。嘉慶元年舉孝廉方正。有洮瓊館詞一卷。

譚復堂師云。洮瓊館詞秀潤。如秋露中牽牛花。

錢枚。字枚叔。號謝盦。仁和人。吏部主事。有微波亭詞。

郭頻伽云。微波詞步武南唐。神韻超絕。　譚復堂師云。微波亭詞一往情深。似謝朓柳惲詩篇。又云。微波亭詞芳蘭竟體。秀絕人寰。有人爲傷心。纔學佛語。尤警絕。

樂鈞。字元淑。號蓮裳。臨川人。嘉慶舉人。有斷水詞三卷。

黃韻甫云。孝廉喜爲奇麗之文。兼工韻語。詞境朗秀幽峭。別具會心。

李若虛。字實夫。錢塘人。銅仁府正大營巡檢。有海棠巢詞稿。

吳仲雲云。海棠巢詞膩柳豪蘇。兼有其勝。

馬公儀。字仲威。號棣園。上元人。

郭頻伽云。棣園得兩宋風格。清和諧婉。不愧雅詞。

孔昭虔。字元敬。號荃溪。曲阜人。貴州布政使。有繪聲琴雅詞。

黃韻甫云。方伯詞幽秀婉約。塵障一空。每誦一過。如在綠陰芳草間也。

劉嗣綰。字醇甫。號芙初。陽湖人。翰林院編修。有箏船詞。

黃韻甫云。太史以相門子績學能文。詞亦幽雋絕塵。不涉凡豔。

周濟。字保緒。一字介存。號未齋。晚號止庵。荊溪人。淮安府教授。有味雋齋詞。

譚復堂師云。止庵詞精密純正。與茗柯把臂入林。

周青。字木君。荊溪人。有柳下詞。

周止庵云。柳下詞多酸澀之味。思力沈摯。求之古人。往往而合。

孫家穀。字曙舟。一字幼蓮。甯波人。襄陵縣知縣。有種玉詞一卷。

姚野橋云。先生詞情婉意約。的宗秦柳。其穠麗俊雅處。又與夢窗西麓爲近。

周之琦。字稚圭。祥符人。廣西巡撫。有金梁夢月詞。

黃韻甫云。夢月詞渾融深厚。語語藏鋒。北宋瓣香。於斯未墜。

汪潮生。字汝信。號飲泉。江都人。諸生。有冬巢詞。

譚復堂師云。冬巢詞粹美無疵。深入宋賢之室。

孫若霖。字伯雨。江寧人。有雙紅豆閣詞。

黃韻甫云。雙紅豆閣主人喜作南唐小令。疏杳細艷。結想綿緲。自是雅音。

張應昌。字仲甫。錢塘人。內閣中書。有烟波漁唱。

黃韻甫云。舍人詞清迥絕塵。使人自遠。

龔自珍。更名鞏祚。尋復名自珍。字璱人。號定盦。學佛名曰鄔波索迦。仁和人。禮部主事。有紅禪詞。無著詞。懷人館詞。影事詞。小奢摩詞。

譚復堂師云。定公能爲飛仙劍客之語。塡詞家長爪梵志也。昔人評山谷詩。如食蝤蛑。恐發風動氣。予於定公詞亦云。又云。綿麗沈揚。意欲合蘇辛而一之。奇作也。

夏寶晉。字玉延。有笛椽詞。

譚復堂師云。玉延爲郭頻伽之甥。所謂山抹微雲女壻也。高秀之致。欲度冰清。

潘德輿。字彥輔。一字四農。山陽人。安徽知縣。有養一齋詞。

譚復堂師云。養一齋詞清疏老成。而少生氣。

改琦。字七薌。華亭人。有玉壺山房詞選二卷。

曹種水云。七薌詞。清空處如冰壺映雪。飛動處如野鶴依雲。讀之神爽。

胡金題。字品佳。又字瘦山。平湖人。諸生。有金屑詞酒邊詞各一卷。

徐雪廬云。金屑詞出入唐宋。爲懷寧余伯扶所傾倒。

馬洵。字伯泉。號小檗。海寧人。有五千卷室詩集附瓶隱詞。

黃韻甫云。伯泉詞清微。有繪影繪聲之妙。

張爾旦。字信甫。常熟人。有種玉堂詞稿。

黃韻甫云。種玉詞纏綿凄遠。言外恨長。弱柳啼烟。疏花羃雨。讀之低徊欲絕。

王嘉福。字穀之。號二波。長洲人。儀徵守備。有二波軒詞選二卷。

黃韻甫云。二波詞如落花戀樹。飛燕依人。語不求深。使閱者自醉。情勝故也。

張石樵云。二波詞哀感頑豔。悅魄盪心。

張維屏。字子樹。號南山。番禺人。同知。有聽松廬詞鈔二卷。

黃韻甫云。先生詞秀雋不凡。

仲湘。字壬甫。號子湘。吳江人。諸生。有宜雅堂詞。

黃韻甫云。子湘詞婉轉幽媚。堂名宜雅。信乎其不愧也。

吳贊。原名廷鈖。字惠欽。一字彥懷。常熟人。刑部員外郎。有塔影樓詞。

張默成云。彥懷詞託興遙深。用筆曲折。選言明淨。得詞家三昧。

朱紫貴。字立齋。長興人。杭州府訓導。有楓江漁唱。

黃韻甫云。廣文詞如秋水春雲。清微淡遠。是學玉田而得其神髓者。近人徒事修潔。無言外意。輒思附庸玉田。去之遠甚。

朱有源。字月槎。海鹽人。道光舉人。

黃韻甫云。月槎詞神韻幽迴。

陳行。字小魯。仁和人。有一窗秋影庵詞。

梁晉竹云。小魯詞出入蘇辛。小令酷肖板橋。

嚴元照字修能。一字九能。號悔庵。又號蕙櫋。歸安人。貢生。有柯家山館詞三卷。

譚復堂師云。婉約可歌。

朱綬。字仲環。號酉生。元和人。道光舉人。有知止堂詞錄三卷。

黃韻甫云。酉生詞有白石之蒼。夢窗之麗。氣格清渾。不事字句雕飾。當於全體中求之也。

曹楙堅。字樹蕃。號艮甫。吳縣人。湖北按察使。有曇雲閣詞鈔。

陶凫香云。艮甫詞在草窗竹屋之間。至清虛超雋處。尤與玉田爲近。 黃韻甫云。曇雲閣詞蒼豔處。雅近白石集中諸調。琵琶仙尤擅勝場。當以曹琵琶呼之。

項鴻祚。原名繼章。字蓮生。錢塘人。道光舉人。有憶雲詞甲乙丙丁稾。

黃韻甫云。憶雲詞古豔哀怨。如不勝情。猿啼斷腸。鵑淚成血。不知其所以然也。

譚復堂師云。蓮生。古之傷心人也。盪氣回腸。一波三折。有白石之幽澀而去其俗。有玉田之秀折而無其率。有夢窗之深細而化其滯。殆欲前無古人。其乙稾自序云。近日江南諸子。競尙塡詞。辨韻辨律。翕然同聲。幾使姜張頫首。及觀其著述。往往不逮所言云云。婉而可思。又丁稾自序云。不爲無益之事。何以遣有涯之生。亦可以哀其志矣。以成容若之貴。項蓮生之富。而塡詞皆幽豔哀斷。異曲同工。所謂別有懷抱者也。又云。杭州塡詞。爲姜張所縛。百年來屈指惟蓮生有眞氣耳。

黃曾。字菊人。錢塘人。直隸知縣。有瓶隱山房詞。

黃韻甫云。菊人詞新警詭麗。獨絕一時。其守律之嚴。尤一字不苟。非惟才大。亦復心細。蓋詞中之精品也。　譚復堂師云。大令箒律甚嚴。胸襟凡近。詞多死句。

沈傳桂。字隱之。號閏生。長洲人。道光舉人。有鶯天笛夜吟碧瀟蘿月譜絜禪居蘭語。

潘功甫云。閏生詞如踏葉孤嶺。落花空潭。口香莓苔。食冷烟火。其張王孫之匹歟。抑白石之亞也。

汪燾。字子黃。秀水人。教諭。

黃韻甫云。子黃詞筆悽警。

諸嘉杲。字麟士。號子量。仁和人。江蘇州判。有棗花簾詞。

黃韻甫云。子量向不作詞。自與予交。始致力焉。其一種雋妙之趣。迴非塵想。此事洵有天授。

許謹身。字瑞徵。號金橋。仁和人。兵部武選司主事。

黃韻甫云。金橋詞婉妙聰俊。與茶烟閣爲近。

陳澧。字蘭甫。番禺人。道光舉人。有憶江南館詞。

譚復堂師云。蘭甫先生孫卿仲舒之流。文而且儒。粹然大師。不廢藻詠。填詞朗詣。洋洋乎會於風雅。乃使綺靡奮厲兩家。廢然知反。

費丹旭。一名旭。字子苕。號曉樓。烏程人。

黃韻甫云。曉樓詞清夐。不著纖塵。

姚燮。字梅伯。號野橋。鎮海人。道光舉人。有疏影樓詞稿。

黃韻甫云。梅伯詞極跌盪新警。如山雞舞鏡。顧影自憐。能獨樹一幟。而不屑屑於模範者。

孫麟趾。字清瑞。號月坡。長洲人。諸生。有零珠詞碎玉詞。

錢筱南云。月坡詞婉約清空。纏綿深至。無紛然雜出之語。有往復不已之思。是得力於碧山玉田而不屑刻意求似者。　嚴問樵云。月坡詞芬芳悱惻。音豔神清。

彭崧毓。字于蕃。一字漁叟。江夏人。雲南迤南道。有求是齋詩詞。

張鹿仙云。漁叟詞秀逸奇宕。自成一家。

喬重禧。字鷺洲。上海人。貢生。有宜園詩餘。

黃霽青云。宜園詞才調富有。情致纏綿。

石同福。字叔民。號敦夫。吳縣人。廣西梧州府知府。有瘦竹幽花館詞三卷。

吳枚庵云。大旨瓣香竹垞。而小令婉麗。慢詞蘊藉。兼有南北宋之長。　戈順卿云。運格於高。取味於雋。

楊尙觀。字改之。號譜香。錢塘人。有延秋佇月樓詞。

黃韻甫云。譜香詞哀激淒警。

沈彥曾。字士芙。號蘭如。長洲人。諸生。有蘭素詞。

王井叔云。蘭如少負殊稟。精研四聲。二十八調。又性喜游歷。烟晨月夕。輒以宋人樂府傳之。循節揚聲。動諧律呂。　黃韻甫云。蘭素詞神清意遠。字字合律。

吳敬義。字怡庵。號薇客。仁和人。詹事府贊善。

黃韻甫云。宮贊詞豪邁近蘇辛。

潘曾瑩。字惺齋。吳縣人。吏部侍郎。有鸚鵡簾櫳詞。小鷗波館詞。各二卷。

斌笠耕云。惺齋詞雅麗婉約。得秦柳之神。有姜張之韻。　黃韻甫云。侍郎詞如曉霞媚樹。春水浮花。極幽豔蕩漾之致。　蔣劍人云。少宰詞清華朗潤。

張金鏞。字海門。平湖人。翰林院編修。有絳跗山館詞錄。

黃韻甫云。海門詞清微窅眇。矜鍊之極。歸於自然。蓋於此事積畢生之力。爲之所解悟深也。

王嘉祿。字綏之。號井叔。長洲人。諸生。有桐月修簫譜。

朱酉生云。井叔四聲嚴密。無一不與古人之製調相合。黃韻甫云。井叔詞宛轉幽媚。情景俱深。味之紆迴無極。

吳廷燮。字彥宣。海鹽人。諸生。有小梅花館詞。

黃韻甫云。彥宣詞胎息玉田。而參以白石之淸。夢窗之豔。靜好娟潔。

吳承勳。字子述。錢塘人。諸生。有影曇館詞。

黃韻甫云。影曇館詞幽膩冷豔。予嘗比之翡翠凌波。珊瑚篆月。至其音律綿細。毫髮不苟。尤爲近人所難。

鄧廷楨。字嶰筠。江寧人。兩廣總督。有雙硏齋詞。

譚復堂師云。才氣。韻度。與周稚圭伯仲。然而三事大夫。憂生念亂。竟似新亭之淚。可以覘世變也。又云。雙硏齋詞。宋于庭序云。忠誠悱惻。咄唶乎騷人。徘徊乎變雅。將軍白髮之章。門掩黃昏之句。後有論世知人者。當以爲歐范之亞也。

陳元鼎。字實庵。號芰裳。錢塘人。翰林院編修。有同夢樓詞。鴛鴦宜福詞。吹月詞。

黃韻甫云。實庵詞膩情月漾。古豔天生。　譚復堂師云。鴛鴦宜福詞。豔冶纏綿。又云。婉約可歌。有竹山碧山風味。實庵雖未名家。要是好手。

張炳堃。字鹿仙。平湖人。翰林院編修。有抱山樓詞。

黃韻甫云。以秦柳之纏綿。寫蘇辛之豪邁。芬芳悱惻。能移我情。鹿仙爲海門太史介弟。與絳跗詞面目各異。宗旨則同。

劉勷。字贊軒。福州人。

譚復堂師云。贊軒詞和婉。

謝章鋌。字枚如。福州人。

譚復堂師云。枚如詞多振奇獨造語。

諸可寶。字璞齋。號遲菊。錢塘人。江蘇知縣、有捶琴詞一卷。

張鹿仙云捶琴詞作穿雲裂石之聲。小令又極柳顰鶯嬌之致。其得於天者獨優。

許宗衡。字海秋。上元人。起居注主事。有玉井山房詩餘。

譚復堂師云海秋先生傷心人別有懷抱。胸襟醞釀。非尋常文士。度越少鶴通政。（卽王拯）爲近詞一大宗。又云。玉井山房詩餘幽窈綺密名家之詞。

何兆瀛。字青耜。上元人。兩廣鹽運使有心盦詞存。

譚復堂師云。何先生詞抗手許海秋。齊名文苑。不虛也。但沈鬱稍不逮許。而無海老枯卒之失。又云。駘宕麗逸。如見六朝人物。

姚正鏞。字仲海有江上維舟詞。

譚復堂師云。仲海爲詞思力甚刻。至才性均厚。是一作家。

蔣春霖。字鹿潭。江陰人。兩淮鹽大使。有水雲詞。
李冰叔云。君爲詩。恢雄骯髒。若東淘襍詩二十首。不減少陵秦州之作。乃易其工力爲長短句。鏤情劇恨。轉豪於銖黍之間。直而致。沈而姚。曼而不靡。譚復堂師云。婉約深至。時造虛渾。
丁至和。字保庵。有萍綠詞。
譚復堂師云。萍綠與水雲齊名。胸襟未必盡同。塡詞甚有工力。又云。保庵頗以幽澀學石帚。
趙彥俞。字次梅。有瘦鶴軒詞。
譚復堂師云。次梅六十學詞。成就於鹿潭。殊有俊語。
趙對澂。字野航。有小羅浮仙館詞。
譚復堂師云。野航名雋之才。運思婉密。而激楚亦學蘇辛。倚聲可當名家。惟以闌入散曲。微茫處不免染指。

錢恩棨。字芝門。鎭洋人。

蔣劍人云。芝門詞以白描本色語見長。自然妍雅。

汪承慶。字稺泉。鎭洋人。有蘭笑詞。

蔣劍人云。長調音節瀏亮。頓挫生姿。瓣香納蘭容若。而絕少衰颯氣。小令中腔。芬芳悱惻。不墮南宋人雲霧。加以學力。鄙人當退避三舍矣。

莊棫。字中白。丹徒人。主事。有蒿盦詞。

譚復堂師云。予錄篋中詞。終以中白。非徒齊名之標榜。同聲之喁于。亦以比興柔厚之旨。相贈處者二十年。嚮序其詞。有曰。閨中之思。靈均之遺。則動於哀愉而不能已。中白當曰。非我佳人。莫之能解也。

葉衍蘭。字南雪。番禺人。知府。有秋夢盦詞。

譚復堂師云。綺密隱秀。南宋正宗。

江順詒。字秋珊。旌德人。浙江縣丞。有願爲明鏡室詞。

譚復堂師云。秋珊詞有婉潤之致。不傖劣也。

張鳴珂。字玉珊。嘉興人。江西知縣。有寒松閣詞。

譚復堂師云。玉珊詞婉麗。

汪淵。字時甫。績溪人。有藕絲詞。

譚復堂師云。淸脆婉秀。固是當行。

張景祁。字蘩甫。號韻梅。錢塘人。福建知縣。有新蘅詞。

譚復堂師云。韻梅蚤飲香名。塡詞刻意姜張。研聲刌律。吾黨六七人奉爲導師。故山兵劫。同好晨星。亂定重見。君已擢鋒落機。謝去斧藻。中年哀樂。登科已遲。又復屈承明之著作。走海國之韡板。不無黃鐘瓦缶之傷。倚聲日富。規制益高駸駸乎北宋之壇宇。江東獨秀。其在斯人乎。

羊復禮。字辛楣。海寧人。

譚復堂師云。辛楣文采。最近齊梁。倚聲寓意高秀。

俞廷瑛。字小甫。吳縣人。浙江通判。有瓊華室詞。

譚復堂師云。瓊華室詞一卷。熨帖頗近陳西麓。又云。雅令夷婉。望而知其深於詩者。無膩碎之習。有繁會之音。

劉炳照。字光珊。號語石。陽湖人。有留雲借月盦詞。

譚復堂師云。集中細意熨帖。情文相生。光珊自道。有軌循姜史。製規秦柳。源溯馮韋。語既攄心得。亦表正宗。庶乎不愧。

王鵬運。字佑遐。一作幼霞。自號半塘僧鶩。臨桂人。給事中。有半塘定稾賸稾。

譚復堂師云。褎墨詞（褎墨詞彙刊於半塘定稾中）千辟萬灌。幾無鑪錘之迹。一時無兩。

鄭文焯。字叔問。號小坡。漢軍人。內閣中書。有樵風樂府。

兄文焜云。從弟小坡少工側豔。而不盡協律。南游十年。學琴於江夏李復翁。討論古音。乃大悟四上競气之恉。於樂紀多所發明。故其爲詞聲出金石。極命風謠。感興微言。深美閎約。如楊守齋所譏轉摺怪異成不祥之音者。庶幾免歟。

易實父云。追撢兩宋。精辨七始。抉微睎奧。梳櫛披奏。聽於無聲。眇忽成律。使樂官比響。不累於詠歌。文士摛華。靡淆於弦笛。故能鬱伊善感。和平蕩聽。　譚復堂師云。瘦碧詞（瘦碧詞彙刊於樵風樂府中）研討聲律。辟灌光氣。夢窗善學。清眞又云。瘦碧詞持論甚高。摛藻綺密。近時作手。頗難其匹。

徐燦。字湘蘋。長洲人。大學士海寧陳之遴室。有拙政園詩餘三卷。〇以下閨秀

林下詞選云。湘蘋夫人詩餘。得北宋風格。絕去纖佻之習。

賀雙卿。字秋碧。丹陽人。金沙綃山農家周某室。有雪壓軒詩詞。

黃韻甫云。雙卿詞如小兒女喁喁絮絮。訴說家常。見見聞聞。思思想想。曲曲寫來。頭頭是道。作者不自以爲詞。閱者亦忘其爲詞。而情眞語質。直接三百篇之旨。豈非天籟。豈非奇才。乃其所遇之窮。爲古才媛所未有。每誦一過。不知涕之何從也。

沈榛。字伯虔。一字孟端。嘉善人。明南昌司理德滋女。清進士錢黯室。有松籟閣集。附

詞一卷。

郭頻伽云。夫人詞最清絕。

李璸字玉樹。長山人。趙伯麟室。有海月樓詩餘。

山左詩餘云。玉樹詩餘淸麗。

陸姮字鄂華。長洲人。張詡室。

郭頻伽云。鄂華工詞。寄滌卿菩薩蠻詞。含思淒婉。哀感頑豔。眞傷心人語也。

孫雲鳳字碧梧。仁和人。有湘筠館詞二卷。

郭頻伽云。湘筠詞寄意杳微。含情幽渺。置之花間集中。當在飛卿延己之間。

黃韻甫云。湘筠詞婉約淒遠。短調尤韻。愁脂楚楚。如海棠之在秋也。

沈芳字夢緗。長洲人。諸生顧春山繼室。有寂寥詞。

黃韻甫云。夫人好讀書。耽吟詠。兼工繪事。筆墨所入。輒以周貧乏。曰。吾無饑寒

憂。留此何用。慷慨豪爽。有俠士風。詞律謹嚴。神韻超妙。足以洗刷浮濫

莊盤珠。字蓮佩。武進人。吳軾室。有秋水軒詞。

黃韻甫云。秋水軒詞靈心妙舌。動若天籟。深得三百篇古樂府神理。

西林顧春。字子春。號太清。其族望曰西林。自署姓名曰太清西林春。清高宗玄孫奕繪側室。有東海漁歌二卷。

況蕙風云。太清詞。得力於周清眞。旁參白石之清雋。深穩沈著。不琢不率。極合倚聲家消息。求其詣此之由。大概明以後詞。未嘗寓目。純乎宋人法乳。故能不煩洗伐。絕無一毫纖豔。涉其筆端。曩閱其詞話。謂鐵嶺詞人顧太清。與納蘭容若齊名。竊疑稱美之或過。今以兩家詞互校。欲求妍秀韶令。自是容若擅長。若以格調論。似乎容若不逮太清。太清詞佳處。在氣格。不在字句。當於全體大段求之。不能以一二闋爲論定。一聲一字爲工拙。此等詞無人能知。無人能愛也。

吳藻。字蘋香。仁和人。同縣黃某室。有花簾詞。香南雪北詞。

黃韻甫云。女士工詩。善琴。嫻音律。尤嗜倚聲。初刻花簾詞。豪俊敏妙。兼而有之。

續刻香南雪北詞。則以清微婉約爲宗。亦久而愈醇也。嘗與研訂詞學。輒多慧解。創論時下名流。往往不逮。其名噪大江南北。信不誣也。

錢斐仲字餐霞。秀水人。山西布政使昌齡女。候選訓導德清戚士元室。有雨花盦詩餘。

張鹿仙云。餐霞夫人爲南樓老人族裔。書畫能世其業。兼善屬文。所爲詞幽抑怨斷。惻惻動人。正如鸞音鳳吹。縹緲天外。一埽閨襜綺豔之習。譚復堂師云洗鍊婉約。得宋人流別。

朱彊村有襍題清代諸家詞集後之望江南詞二十四闋。今錄之下方。以資參考。

湘眞老。斷代殿朱明。禁本道援堂晚出。江南哀怨不勝情。愁絕庾蘭成。屈翁山

蒼梧恨。竹淚已平沈。萬古湖南清絕地。雲山韶濩入悽音。字字楚騷心。王船山

爭一字。鶗鴂惱春江。樂府幾篇還跳出。斬新機杼蛻齊梁。餘論惜猖狂。毛大可

雲海約。明鏡已秋霜。但願生還吳季子。何曾形穢漢田郎。原注田紫綸詞序有自慚形穢語梁汾詞休致

看殺風流京兆漢田郎　歸我有纑塘。顧梁汾

迦陵語。哀樂過人多。跋扈頗參青兕意。清揚恰稱紫雲歌。不管秀師訶。陳其年

江湖夢。載酒一年年。靜志微嫌耽綺語。貪多寧獨是詩篇。宗派浙河先。朱竹垞

蘭錡閥。肯作稱家兒。解道紅羅亭上語。人間甯止小山詞。冷煖自家知。納蘭容若

銷魂極。絕代阮亭詩。見說綠楊城郭畔。游人齊唱冶春詞。把筆儘淒迷。王貽上

研韻律。紅友翠薇俱。翻譜竹枝歸刌度。重雕萘斐賴爬梳。驂靳足相於。萬紅友　戈寶士

留客住。絕調鷓鴣篇。脫盡綺羅薌澤習。相高秋氣對南山。寖度衍波前。曹升六

長水畔。二隱比甌溪。不分詩名叨一飯。武曾斷句兒童莫笑詩名賤已博君王一飯來　居然詞派有連枝。人道好塤篪。李武曾　李分虎

南湖隱。心折小長蘆。拈出空中傳恨語。不知探得頷珠無。神悟亦區區。厲太鴻

回瀾力。標舉選家能。自是詞中疏鑿手。橫流一別見淄澠。異議四農生。張皋文

金針度。詞辨止庵精。截斷衆流窮正變。一鐙樂苑此長明。推演四家評。周保緒

舟一葉著岸是君恩。一夢金梁餘舊月。千年玉笥有歸雲。片席蜕巖分。周稚圭

嚴九能

無益事能遺有涯生。自是傷心成結習。不辭累德爲閑情。茲意託平生。項蓮生

娛親暇。九能著娛親雅言餘事作詞人。廿載柯家山下路。空齋畫扇亦前因。成就苦吟身。

甄詩格。淩沈幾家參。若舉經儒長短句。李蓴客論經儒四家詞謂淩次仲沈沃田王述庵洪稚存巋然高館憶江南。綽有雅音涵。陳蘭甫

人天夢。秋醒發遐心。壬秋有秋醒詞序生長茝蘭工雜佩。較量台鼎讓清吟。抱碧契靈襟。王壬秋

陳伯弢

皋文後。私淑有莊譚。感遇霜飛憐鏡子。會心衣潤費鑪煙。妙不著言詮。莊中白譚復堂

窮途恨。斫地放歌哀。幾許傷春家國淚。聲家天挺杜陵才。辛苦賊中來。蔣鹿潭

香一瓣。長爲半塘翁。抗志直希天水志。起孱差較茗柯雄。嶺表此宗風。王半塘

招隱處。大鶴洞天開。避客過江成旅逸。哀時無地費仙才。天放一閒來。鄭叔問

閒金粉。曹鄶不成邦。拔戟異軍能特起。非關詞派有西江。傲兀故難雙。文道希

第五章　詞譜

詞之譜夥矣。清人所撰。較勝於明。雅坪詞譜。陸義山名棻。字義山。平湖人。撰白香詞譜。舒白香名夢蘭。字白香。靖安人。有天香戲稿。撰謝韋庵名朝徵。南海人。箋之自怡軒詞譜。許穆堂名寶善。字敦愚。號穆堂。青浦人。有自怡軒詞。撰碎金詞譜。謝默卿名元淮。號默卿。松滋人。有海天秋角詞。撰。皆較清聖祖之欽定詞譜康熙五十四年。奕清奉敕撰。凡八百二十餘調。二千三百餘體。於諸調得名之源流。倚聲之平仄。句法之異同。均具有考證。為少近人所據者。為萬紅友名樹。字紅友。宜興人。有香膽詞。之詞律。康熙二十六年書成。凡六百六十調。一千一百八十餘體。以字數之多寡為先後。有類列者。則不拘字數。類列者。如塞姑為二十四字。面九十五字之塞孤。即次於下。搗練子為二十七字。而四十八字之胡搗練。即次於下。康熙五十四年。敕修詞譜。樓儼與焉。駁正詞律百餘條。又以詩餘圖譜。嘯餘譜謬妄。以四聲二十八調為經。詞之有宮調者為緯。此即江秋珊師所謂以古代七音十二律之宮調為經。以今之四七工尺為緯也。樓又以詞之無宮調者。依時代為先後。附於其下。詞律之又一體。實為緯無理取閒。雨中花一調。共列十八首。令慢不辨。皆謂之又一體。誤孰甚焉。戈載與王敬之擬增訂詞律。作詞律訂詞律補。皆未成。杜文瀾乃本之作詞律校勘記。二卷。凡校正者。三百八十五調。徐誠庵名本立。字子堅。號誠庵。德清人。之詞律拾遺。書成於道咸間。凡二百餘調。四百九

十五體，共八卷，前六卷，補詞律之未備，以未收之詞爲補調，已收而未盡厥體者爲補體，後二卷，則訂正原書，爲補註，誠庵拾紅友之遺，網羅散失誠有功詞苑，然亦不無襲謬因譌之處，且多生澀俗陋之調，殆亦以求備爲宗旨歟。

戈順卿恪守紅友之說，謹於持律，剖及豪芒，道光間從其說者，或不免晦澀離情文不副，然實爲聲律諍臣，不可就便安而至偭越也。

凡不依舊調之聲律字句而自創一調者，可先率意爲長短句，然後協之以律，曰自度曲，亦曰自度腔，萬氏詞律於明人之自度曲，概置弗錄，而別有輯清人之自度曲者，則咸同間之朱紫鶴也。（名和義，字紫鶴，吳縣人。）其書曰新聲譜，（凡四十七調）起毛稚黃（名先舒，字稚黃，錢塘人。有鸞情詞。）之二十字令，訖顧梁汾二百八十三字之梅影，納蘭容若頗有自度曲，而譜中僅錄其青衫溼徧一闋，則亦不免尚有脫漏也，紫鶴之自度曲有三，曰返魂香，曰采茶春，曰碧落梅聲，亦附列焉，惟元明以來，宮調久亡，自度曲之有聲律者，恐僅戈順卿之一枝秋，犯，即元明人之自度曲，亦多率意爲長短句而已，毛大可謂近人不解音律，動造新曲，曰自度曲云云，則清初已然，後可知矣。

詞之宮調既已久亡。遂無一可歌之詞。清之通解聲律者。殆惟沈蘭如（名彥曾，字士芙，號蘭如，長洲人，有蘭素詞。）鄭叔問二人而已。蘭如為道咸間人。少負奇稟。精研四聲二十八調。煙晨月夕。輒以宋人樂府傳之循節揚聲。動諧律呂。叔問深明管絃聲數之異同。而上攷古燕樂之舊譜。於白石自製曲字旁所記音拍。悉能以意通之。其他作者。僅依前人之調。按其平仄。填入字句。（或且有平仄謬誤者）斤斤於上去兩聲之辨。遵紅友詞律而已。（不講求上去兩聲者甚多。）求其四聲悉合者已不多得。能知陰平之為清聲陽平之為濁聲者。則百無一二。聚今之詞人而語以音呂。示以樂色。其有不狂愕姍笑目為神經怪牒者幾希。

宮調之墜。不可復續。學者今日亦惟致力於四聲。以為慰情勝無。稍盡填詞之能事而已。淩次仲（名廷堪，字次仲，歙縣人，有梅邊吹笛譜。）嘗曰。宜興萬氏專以四聲論詞。畏其嚴者多詆之。瀘州先著尤甚。以為宋詞宮調別有祕傳。不在四聲。按白石集滿江紅云。末句無心撲。歌者將心字融入去聲。方諧徵招云。正宮齊天樂慢前兩拍是徵調。故足成之及考徵招起二句平仄。與齊天樂吻合。則宋人未嘗不以四聲定宮調。萬氏之說。初不與古戾也。

清人之恪守詞律。能一聲一字。剖析無遺。如方千里（三衢人。有和清眞詞。）之和清眞者。道咸間。有王井叔（名嘉祿。字綬之。號井叔。長洲人。有桐月修簫譜。）爲朱酉生（名綬。字仲環。號酉生。元和人。有知止堂詞錄。）所賞。謂其四聲嚴密。無一不與古人相合。其後惟朱彊邨況蕙風二人之詞。根據宋元舊譜。四聲相依。一字不易也。

第六章　詞韻

清人所輯之詞韻夥矣。最初爲沈去矜之沈氏詞韻略。毛稚黃（名先舒。字稚黃。後更名騤。字馳黃。錢塘人。有平遠樓外集。鸞情詞。）爲之括略。並注以東董江講支紙等標目。平領上去而止。列平上似未賅括其於入聲。則兩字相連。曰屋沃。曰覺藥。又似紛雜。且用陰氏韻目。删併既失其當。則分合之界模糊不清。字復亂次以濟不歸一類。其音更不明晰。舛錯之譏。實所難免。仲道久（名恆。字道久。仁和人。）趙南金（名鑰。字千門。號南金。萊陽人。）曹南畊（名亮武。字渭公。號南畊。宜興人。）

有南畊詞・荊溪歲寒詞・各有詞韻。與沈去矜本大同小異。胡德甫名文煥・字德甫・號全庵・一號抱琴居士・錢塘人・之文會堂詞韻。平上去三聲用曲韻。入聲用詩韻。騎牆之見。亦無根據。李笠翁名漁・字笠翁・蘭谿人・所輯詞韻。以鄉音妄分二十七部。尤爲不經。許頌蔚名昂霄・字頌蔚・海寧人・有陽坡山人詞・詞韻考略。根據今韻平上去分十七部。入分九部。曰古通。古轉。曰今通。今轉。曰借叶。大旨以平聲貴嚴。宜從古。上去較寬。可參用古今。入聲更寬。不妨從今。此如癡人說夢。更不足道。所幸諸書皆未風行。猶不至謬以傳謬耳。嘉慶朝詞人所深信不疑者。爲吳荀叔名烺・字荀叔・全椒人・有杉亭詞・江橙里名昉・字旭東・號橙里・又號硯農・歙縣人・寓居揚州・有集山中白雲詞・程筠榭名名世・字筠榭・江都人・之學宋齋詞韻。以學宋爲名。而所學皆宋人誤處。眞諄臻文欣魂痕庚耕清青蒸登侵。皆同用。元寒刪山先仙覃談鹽沾嚴咸銜凡。皆併部。入聲則物迄入質陌韻。合盍業洽狎乏入月屑韻。濫通取便。駁雜不堪。且字數太略。又無音切。分合半通之韻。則臆斷之。去上兩見之字。則偏收之。種種疏謬。其病百出。鄭春波乃繼作綠漪亭詞韻。以附會之。羽翼之。而詞韻遂因之大紊矣。此外尚有吳寧之榕園詞韻。遵廣韻部目。斟酌分并平聲從沈去矜。上去以平爲準。入以平上去爲準。則較確。又有曰碎金詞韻者。固不足觀而行世至久之晚翠軒詞韻亦陋。孫月坡有詞韻指南。迄未梓自戈順卿詞林正韻書成於道光元年。共十九部。以平領上去者十四部。因詞有平仄互叶之體也。第一部平聲。一東二冬三鍾。上聲一董二腫。去聲一送二宋三用。餘類推。入聲五部。第十五部一屋二沃三燭。餘類推。出而倚聲家奉爲正鵠。以迄於今始無落韻之失。蓋皆取兩宋之名詞。參酌而審定之。盡去諸弊。且以宋子京名祁。字子京。諡景文。安陸人。徙居雍丘。鄭天休名戩。字天休。諡文肅。吳縣人。賈子明名昌朝。字子明。諡文元。獲鹿人。所修之集韻爲本而從之。更復廣稽韻書。旁引曲證而成。韻書之善。誠莫逾於此矣。

第七章　詞話

清人之詞話。多於昔。彭羨門有金粟詞話。毛大可名奇齡。初名甡。字大可。蕭山人。有毛翰林集塡詞六卷。有西河詞話。徐電發名釚。字電發。吳江人。有菊莊詞楓江漁父詞。沈偶僧名雄。字偶僧。吳江人。有柳塘詞。有柳塘詞話。董文友名以寧。字文友。武進人。有蓉湖詞。有蓉湖詞話。李雨村名調元。字雨村。號墨莊。綿州人。有雨村詞話。陸鎣有問花樓詞話。趙秋舲名慶熺。字秋舲。仁和人。有香消酒醒詞。有聽秋聲館詞話。吳子律名衡照。字子律・仁和籍・海寧人・有辛卯生詩餘・有蓮子居詞話。蔣劍人有芬陀利室詞話。況蕙風有蕙風詞話。所惜者周止庵所著詞話。原爲詞辨卷九。未梓行而稿厄於水。不得嘉惠學子。譚復堂師復堂詞錄之末。原附論詞一卷。詞錄未刊而稿失。珂雖於復堂文集復堂日記詞辨篋中詞四書中。輯其論詞之言爲復堂詞話。實未盡萬一耳。至若閨秀所作之詞話。則沈湘佩名善寶・錢塘人・武淩雲室・及王蕙雲二女士皆有閨秀詩話。而錢餐霞女士名餐霞・秀水人・德清戚士元室・之雨花盦詩餘後。亦附詞話。不以詞話名其書。而實即詞話者。則賀黃公名裳・字黃公・丹陽人・有紅牙詞・有皺水軒詞筌。王漁洋有花草蒙拾。彭羨門有詞藻。王靜齋名又華・字靜齋・錢塘人・有詞論。徐電發有詞苑叢談。劉公勇名體仁・字公勇・潁州人・有七頌堂集・詞附・有七頌堂詞繹。鄒程邨名祗謨・字程邨・一字訏士・有麗農詞・有遠志齋詞衷。方成培有香研居詞麈。宋于庭名翔鳳・字于庭・長洲人・有香草詞・有樂府餘論。張永川名宗橚・字永川・海鹽人・有藕村詞・有詞林紀事。馮墨香名金伯・字墨香・南匯人・有南村詞略・有詞苑萃編。周止庵有介存齋論詞雜著。孫月坡有詞逕。至若江秋珊師名順詒・號秋珊・旌德人・有願爲明鏡室詞・之詞學集成。則取昔人論說之異同得失。旁通曲證。折衷一是。而爲之條分縷析。撮其綱。曰源。曰體。曰音。曰韻。衍其流。曰派。曰法。曰境。師又有補詞品二十則。（一則佚）曰崇意。曰用筆。曰布局。曰斂氣。曰考譜。曰尙識。曰押韻。曰言情。曰戒褻。曰辨微。曰取徑。曰振采。曰結響。曰善改。曰著我。曰聚材。曰去瑕。曰行空。曰妙悟。詞品之所以云補者。蓋以郭頻伽有詞品十二則。楊伯夔（名夔生．字伯夔．金匱人．有過雲精舍詞．眞松閣詞．）有續詞品十二則也。